Jörg Rasche

Franziskus und der Sultan

Bibliografische Information der Deutschen Nationalbibliothek
Die Deutsche Nationalbibliothek verzeichnet diese Publikation in der Deutschen Nationalbibliografie; detaillierte bibliografische Daten sind im Internet über http://dnb.d-nb.de abrufbar

Erstauflage, Version 1.01
Umschlaggestaltung, Grafik und Layout: L. Müller
Herstellung: BOD – Books on Demand GmbH., Norderstedt

Print-Version: ISBN 978-3-95612-035-0

Jörg Rasche

Franziskus und der Sultan

Erzählung

opus magnum

Geleitwort

„Zu den Voraussetzungen eines Gesprächs gehört ein Wissen um die gegenseitige Geschichte."

Auf Grund dieser Einsicht, rekonstruiert Jörg Rasche ein 1219 historisch belegtes, einzigartig spannendes Ereignis aus der gemeinsamen Geschichte von Muslimen und Christen: Franz von Assisi und der Sultan al-Kamil begegnen einander „Mensch zu Mensch" in einem mutigen Gespräch. Jenseits ihrer Rollen, jenseits religiöser Überzeugungen, werden sie einfach zu Menschen.

Darauf kommt ja letztlich alles an beim Dialog. Jörg Rasche weiß: „Man muss kein Christ sein, um die Menschwerdung des Menschen zu wollen."

Zu dieser, unsrer höchsten Aufgabe, kann dieses Buch begeistern. In seiner tiefen Menschlichkeit ist „Franziskus und der Sultan" ein einfallsreicher und fesselnder Beitrag zum interreligiösen Dialog.

David Steindl-Rast, Benediktinermönch

https://www.dankbar-leben.org/

Am Rande des Wahnsinns lebte ich bis jetzt,
nach Ursachen und Gründen suchend; ein Leben lang
klopfte ich an eine Tür, sie öffnend, erkannt´ ich:
Von innen hatte ich gepocht

Rumi

1.

An einem Morgen im Spätsommer 1219 liefen zwei Männer mit erhobenen Armen über ein Schlachtfeld in Ägypten. Es war heiß, doch die beiden Männer trugen lange braune Kutten aus Wolle. Die Soldaten auf der anderen Seite ergriffen sie, schlugen sie und hätten sie getötet, wenn nicht einer der beiden immer „Sultan, Sultan!" gerufen hätte. Vielleicht hat er eine Botschaft für den Sultan, dachten die Soldaten, und führten die zwei wirklich bis ins Zelt des Sultans.

Die Geschichte ist verbürgt, und zwar sowohl von christlicher wie von islamischer Seite. Der mutige Mann in der braunen Kutte und sein Begleiter waren niemand anderes als Franziskus von Assisi, damals 37 Jahre alt, und sein junger Mitbruder Illuminatus. Zwei Jahre vorher, im Jahre 1217, hatten Franziskus und die damals schon 400 Mitglieder seines neuen Ordens beschlossen, als Missionare in die Welt zu gehen. Franz zog es ins Heilige Land und nach Afrika. Er schloss sich einem Kreuzzug an und landete im August 1219 in Akko. Wenig später finden wir ihn im Lager der Kreuzfahrer, die die Stadt Damiette im Nildelta belagerten. Eine Festung im Hafen hatten sie schon erobert. Franz predigte den Rittern von christlicher Liebe und Armut, wohl ohne damit allzu viel Erfolg zu haben. So entschloss er sich zu dem gewagten Unterfangen, dem Sultan zu predigen. Immerhin hatte der Sultan von Kairo den Kreuzfahrern schon einen Frieden zu vorteilhaften Bedingungen angeboten, der vom christlichen Anführer Kardinal Pelagius jedoch abgelehnt wurde. Todesmutig begab sich Franziskus in die Hände der Feinde.

Der Sultan al-Kamil („der Vollendete", mit vollem Namen hieß er al-Kamil Muhammad al-Malik) ließ sich die seltsamen Christen vorführen. Obwohl seine Berater erklärten, man solle ihnen sofort den Hals abschneiden, hörte der Sultan an, was Franziskus zu sagen hatte. Und ein Wunder geschah: Die beiden versuchten, einander zu verstehen. Die zeitgenössischen Berichte sind legendenhaft ausgeschmückt. Franziskus predigte von Jesus und der Liebe Gottes, und wie es seine Art war, sang und tanzte er sich dabei wohl in eine Ekstase. Es heißt, der Sultan habe ihm einen Teppich vorlegen lassen, in dessen Muster Kreuze eingewebt waren, um zu testen, ob er das Symbol seines Glaubens mit Füßen treten würde. Franz tat es ohne zögern und sagte: Dies seien nicht die richtigen Kreuze. Das echte Kreuz hätten die Christen, und diese hier seien wohl die der beiden Verbrecher, die mit Jesus zusammen hingerichtet wurden. Eine solche Argumentation entsprach dem mittelalterlichen Denken. Vielleicht hat der Sultan dazu gelächelt, denn er war mit theologischen Diskursen gut vertraut.

Der Sultan al-Kamil war nämlich, und darin bestand das Glück des Franziskus, hoch gebildet und ein Anhänger des Sufismus, ähnlich wie sein Onkel Saladin. Der Sufismus ist die mystische Strömung im Islam. Er geht zurück auf wandernde Derwische (Gottesmänner), die auf persönlichen Besitz verzichteten und sich in schlichte Wolle kleideten, ganz wie Franziskus und seine Brüder, allerdings in Weiß. „Suf" heißt Schafswolle. „Darwis" (pers.) bedeutet der „Bettler auf der Schwelle" (auch die Schwelle zum Paradies), und Franziskus nannte die Armut seine Liebe Frau. Die Sufis verehrten Gott in der Natur, vor allem aber im Prinzip der Liebe. Rumi, der große Dichter des Islam, ist 1207 geboren; er war 12 Jahre alt, als Franziskus vor dem Sultan stand. In einem seiner Gedichte heißt es: *Unser Haus hat viele Türen, die hinein zum Herren führen* (Übersetzung von Friedrich Rückert).

So mag der Sultan den Mönch als eine Art christlichen Sufi gesehen haben, nicht nur wegen der Sufi-typischen Kleidung, wegen des Tanzes, sondern vor allem wegen der Ursprünglichkeit der gemeinsamen religiösen Grundauffassung. Gott ist eine innere Erfahrung. Wenn Franziskus den Vögeln predigte, sie sollten Gott loben, dann im Glauben, dass die Erfahrung Gottes sich in kein theologisches System einengen lies. Sechs Jahre nach der Begegnung mit dem Sultan wird er den Sonnengesang dichten, in dem er die ganze Kreatur zum Lob Gottes auffordert.

Die Begegnung in Damiette ist ein einzigartiges Beispiel eines interreligiösen Dialogs zwischen Christentum und Islam. Er dauerte drei Tage. Vermutlich sprachen die beiden auch über die Unterschiede im Glauben. War Jesus (Issa) ein Prophet oder ein „Menschensohn" Gottes? Wie war die Dreifaltigkeit zu verstehen – Vater, Sohn und Heiliger Geist? Es war dieses auch für Franziskus ein aktuelles Thema: Erst 1202 war Joachim da Fiore gestorben, der erklärt hatte, 1260 werde das Zeitalter des Heiligen Geistes beginnen. Und konnte Franziskus den Propheten Mohammad anerkennen? Was bedeuten Worte? Rumi dichtete wenig später: *Die Sprache ist ein Schiff, und die Bedeutung ein Meer.* Vielleicht hat der gebildete Sultan auch erwähnt, dass ein jüdischer Gelehrter, Rabbi Hillel, ganz ähnlich wie Jesus gelehrt hatte, die Liebe zum Nächsten sei das Gebot, das alle anderen umfasst.

Es kann sein, dass der Sultan sogar ein aufgeklärteres Verständnis von Religion hatte als der begeisterte Heilige aus Assisi. Franziskus stellte den Alleinanspruch der Römischen Kirche nie in Frage. Am Ende der drei Tage, als der Sultan Franziskus ins christliche Lager zurückschickte, verabschiedete er ihn mit den erstaunlichen Worten:

Bete für mich, dass Gott mir den Glauben offenbaren möge, der ihm am angenehmsten ist.

Der vielversprechende Dialog blieb leider eine Episode. Am 5. November 1219 eroberten die Kreuzritter die Stadt Damiette und richteten ein Blutbad an. Franziskus muss entsetzt gewesen sein und hat sich von dem Schock wohl nie richtig erholt. Die Kreuzritter zogen nun hinauf in Richtung Kairo und erlitten eine verheerende Niederlage. Wenig später eroberten die Moslems Damiette zurück und töteten ebenfalls mehrere tausend Menschen. Doch im Frieden von Jaffa 1229 vereinbarte der Stauferkaiser Friedrich II. mit al-Kamil, dass für zunächst zehn Jahre christliche Pilger ungehinderten Zugang zu den heiligen Stätten erhalten sollten. Der Vertrag ging dem Papst allerdings nicht weit genug. Er erklärte, der Kaiser sei ein Ketzer und selber ein Muslim und exkommunizierte ihn.

Franziskus fuhr nach einigen Monaten deprimiert nach Italien zurück. Er zog sich, wenn es möglich war, zum Beten in die Einsamkeit zurück. Auf dem Berg La Verna erfuhr er 1224 eines Nachts die Stigmatisation: Er entdeckt die Wundmale Christi am eigenen Leib. 1225, ein Jahr vor seinem Tod, dichtete der schwerkranke Mann den berühmten Sonnengesang. Er wollte ihn singen und brauchte Hilfe beim Komponieren der Melodie. Er fand sie bei Bruder Pacifico, der vor seinem Eintritt in den Orden ein Troubadour gewesen war. Pacifico kannte auch den Kaiser Friedrich; an seinem Hof auf Sizilien hatte er musiziert, und Friedrich hatte ihn als besonderen Musiker ausgezeichnet. Später ist die Melodie des Sonnengesangs verloren gegangen – für solche Mystik war im reorganisierten Orden wohl kein Platz mehr.

Der interreligiöse Dialog ist heute aktueller denn je. Die Begegnung in Damiette 1219 kann etwas über seine Möglichkeiten zeigen und seine Grenzen. Um noch einmal Rumi zu zitieren:

Ich versuchte, ihn zu finden am Kreuz der Christen, aber er war nicht dort. Ich ging zu den Tempeln der Hindus und zu den alten Pagoden, aber ich konnte nirgendwo eine Spur von ihm finden. Ich suchte ihn in den Bergen und Tälern, aber weder in der Höhe noch in der Tiefe sah ich mich imstande, ihn zu finden. Ich ging zur Kaaba in Mekka, aber dort war er auch nicht. Ich befragte die Gelehrten und Philosophen, aber er war jenseits ihres Verstehens. Ich prüfte mein Herz, und dort verweilte er, als ich ihn sah. Er ist nirgends sonst zu finden.

2.

Ich versuche, mir die Begegnung mit dem Sultan vorzustellen. Eine Schwierigkeit liegt darin, dass es sich um Menschen des Mittelalters handelt. Wir können uns in die Psyche jener Menschen schwer hineinversetzen, für die Religion der zentrale Inhalt ihres Lebens war. Ein magisches Denken spielte eine große Rolle, der Glaube an Wunder und an Verwünschungen, an gute und böse Geister. Der Teufel war eine Realität, der böse Blick ebenso die Heerscharen der Engel und der Glaube ans Fegefeuer in der Hölle und an das himmlische Paradies. Alle damit verbundenen Fragen wurden lebhaft diskutiert, und zwar bei Moslems, Juden und Christen. Es ging dabei um die letztlich entscheidende Wahrheit. Eine Naturwissenschaft, wie wir sie heute kennen, gab es damals in Europa noch lange nicht.

Dazu kommt, dass Franziskus ein erleuchteter und begeisterter Christ war, dessen Radikalität seit damals ungezählte Menschen fasziniert und zur Nachfolge angeregt hat. Unmöglich scheint es, sich in die Mentalität und die Geisteshaltung eines Mystikers solchen Formats einzufühlen. Es ist jedoch berichtet, dass auch der Gottesmann Franziskus schwere Krisen und Einbrüche seines Selbsterlebens hatte; das macht ihn manchmal trotz allem fast zu einem Zeitgenossen, jedenfalls für einen Europäer. Auch der Sultan von Ägypten (al -Kamil, der Vollkommene) muss auf seine Art ein leidenschaftlich religiöser Mensch gewesen sein. Doch wie konnte ein Herrscher zugleich Anhänger einer mystischen Glaubensrichtung und Weltanschauung sein? Wie drückte sich seine Religiosität im Alltag aus? Und beide betreffend: In welchem Ausmaß konnten sie ihre Überzeugungen aus ihren persönlichen Erfahrungen ableiten? Was wussten sie über sich selbst, und wie wussten sie es? Bei Franziskus sind wir besser informiert als beim Sultan, weil es über ihn eine reichhaltige Literatur mit Lebensbeschreibungen und sogar eigene, von ihm verfasste Texte gibt. Der Sultan al-Kamil ist als Mensch kaum erreichbar. Immerhin gibt es Texte von Sufi-Meistern vor ihm und aus seiner Zeit, durch die wir ihn sprechen lassen können.

Dennoch ist das Gespräch zwischen Franziskus und dem Sultan heute besonders aktuell. Beide Religionen, die christliche und der Islam, haben sich seitdem sehr verändert. Beide kennen wir heute eher in Defektformen, in Restzuständen, als Begleitphänomen. Die Aufklärung, die Trennung von Staat und Kirche, die Demokratie haben Gewissheiten, wie sie für Franziskus und den Sultan galten, verblassen lassen. Der Arzt und Psychotherapeut C. G. Jung hat einmal gesagt: Seitdem die Sterne vom Himmel gefallen und unsere höchsten Symbole verblasst sind, herrscht geheimes Leben im Unbewussten. Wir haben keinen Glauben mehr, sondern eine Psychologie. Das bedeutet, dass numinose (überwältigende, „göttliche") Kräfte, die damals noch in der Außenwelt als real erlebt wurden, mit der Aufklärung sozusagen in die Psyche hinein gewandert sind und jetzt als Komplexe und archetypische Bilder in der Seele des Einzelnen wirken. Manchmal ergreifen diese Kräfte jedoch auch wieder ganze Gemeinschaften und sogar Völker. Dann, so Jung, bringt man sich besser in Sicherheit.

Die Konfrontation mit dem islamistischen Terror hat heute, 1000 Jahre nach den Kreuzzügen und dem Dialog von Franz und dem Sultan, die alte Dynamik neu belebt. Uralte Ängste sind wach geworden, archaische Grausamkeit, wilde Projektionen. Es ist, als habe sich ein altes trockenes Flussbett, von dem niemand mehr wusste, über Nacht in einen reißenden Strom verwandelt. Das Bild geht auf C. G. Jung zurück. Das alte Flussbett steht hier für das Gefäß der Religionen, die einst die Frage nach dem Sinn des Lebens und die Dynamik der Gottesvorstellung in eine Ordnung gebracht hatten, wie der Islam Mohammads oder die christliche Religion eines Franziskus. Diese alten, einst bewährten Ordnungen sind weitgehend vergessen, und heute haben wir ein rudimentäres Christentum auf der einen Seite, und bei den Salafisten des IS einen faschistoiden Neo-Islam, der mit dem Anliegen Mohammads und des weisen Sultan von Ägypten kaum etwas gemeinsam hat. Die Exzesse der Islamisten verstellen den Blick auf die islamische Kultur, die in vielen Ländern immer noch lebt und die Glaubenswelt von Milliarden von Menschen ist, ohne sich militant in den Vordergrund zu drängen. Ohne einen neuen Dialog wird es jedoch keinen Frieden geben können. Deshalb dieses Buch, die Wiederherstellung des Gesprächs.

Wie nähert man sich einem reißenden Strom? Für viele Islamisten sind die Worte des Koran und der Hadithe (meist mündlich überlieferte Geschichten und Worte von Mohammad) unantastbar – auch wenn sie sie kaum kennen. Wehe dem, der sie diskutieren will. Doch die Rekonstruktion des alten Dialogs von 1219 eröffnet ungeahnte Möglichkeiten, vieles anzusprechen. Zu den Zeiten von Franz und dem Sultan war das Gespräch noch möglich, sogar mitten im Krieg. Der Islam war als eine Religion und Lebensweise entstanden, die Antwort geben sollte auf Fragen, die das Christentum offenbar nicht befriedigend beantwortete. Warum stritten sich die Christen immer, obwohl sie doch die Offenbarung hatten? Der Islam als radikaler Monotheismus war eine Antwort. Hand in Hand ging damit eine militärische Kampagne, die so effektiv war, dass sie innerhalb von hundert Jahren beinahe die ganze damalige christliche Welt überrollte. Diese Geschichte, obwohl nun 1200 Jahre alt, ist auf europäischer Seite ebenso wenig vergessen wie die der christlichen Kreuzzüge 400 Jahre später von der islamischen Seite. Die gegenseitigen bösen Erfahrungen und Projektionen werden heute wieder belebt und benutzt, um ganz andere Interessen zu verschleiern, ob es um Öl geht oder um Geopolitik und schiere Macht. Und je weniger die Menschen wissen von der wahren Geschichte und ihrer Komplexität, und je weniger sie wissen von den Religionen, um die es ging, desto leichter sind sie verführbar. Sie haben vergessen, dass sie einst eine Seele hatten. Dann kann sich das vergessene Strombett wieder füllen und leicht eine Katastrophe auslösen.

Zur Zeit des Franziskus gab es weder eine Erkenntnistheorie noch eine Naturwissenschaft, jedenfalls nicht in der christlichen Welt. Wenn wir heute sagen: *Gottesliebe ist Nächstenliebe*, dann erfasst das die ethische Seite des Christentums, vielleicht ja sogar den Kern der christlichen Botschaft, aber nicht all das, was damals Franziskus wichtig war. Auf der islamischen Seite wurden neben dem Koran und den Überlieferungen über den Propheten auch die Philosophen der Antike gelesen und diskutiert. Der alte Islam war eine Religion der Ambiguität: Bei allen Diskussionen sollte Gott das letzte Wort haben.

Als 1219 Franziskus den gefährlichen Weg ins Lager der Heiden und Feinde der Christenheit antrat, stand die islamische Welt vor dem Höhepunkt ihrer Macht. Von Spanien über die Länder Nordafrikas, Persien bis Indien bekannten die Menschen sich zu Allah und seinem Propheten. Mekka war der Mittelpunkt der Welt. Europa war demgegenüber ein kleines und zurückgebliebenes Anhängsel, und die Christenheit war innerlich ebenso zerrissen wie schon zu den Zeiten des Propheten. Um nur ein Beispiel zu nennen: 1207 begann auch der Kreuzzug gegen die Katharer (Albigenser) in Südfrankreich, eine christliche Sekte, groß wie eine Kirche, zu der sich praktisch die gesamte Bevölkerung des Languedoc bekannte. Er endete mit der Ermordung von Hunderttausenden und der Eingliederung des verwüsteten Landes ins Königreich von Paris. Zeitweise verbrauchte dieser jahrzehntelange Bruderkrieg gegen die Albigenser so viele Menschenleben, dass nicht genug Ritter übrig blieben, um auf den anderen Kreuzzug ins Heilige Land geschickt zu werden. Was diese Kreuzzüge jedoch so interessant machte war die Möglichkeit, sich unvorstellbar zu bereichern. Da hatte die Botschaft der Armut, wie sie Franziskus lehrte, wirklich wenig Chancen.

3.

Ich versuche also, mir die Begegnung mit dem Sultan vorzustellen. Sie findet statt in einer äußerst angespannten Lage. Vielleicht haben Franziskus und Bruder Illuminatus (der Erleuchtete) auf dem Schlachtfeld die Leichen von Christen und Moslems gesehen, die nach der letzten Schlacht liegen geblieben waren. Vielleicht haben sie die abgeschlagenen Köpfe von Rittern gesehen, die auf langen Stangen aufgespießt waren, um den Gegner in Angst und Schrecken zu versetzen. Vielleicht sahen sie auch muslimische Kämpfer, die von Christen massakriert worden waren. Und beinahe hätten die Soldaten des Sultans die beiden auch erschlagen, um eine Prämie zu bekommen, wie sie auf jeden Kopf eines Feindes ausgesetzt war. Ich stelle mir vor, wie sich die Araber in der Zeltstadt drängen, um die gefangenen Christen zu sehen. Ich höre sie schreien und sehe, wie Kinder Steine aufheben, um sie auf die beiden zu werfen. Soldaten führen die gefesselten Mönche ins Zelt des Sultans.

Wie soll man sich da hinein denken? Ich habe den Horror von Krieg und Verrohung nie selber erlebt, allenfalls indirekt durch meinen Vater, der manchmal vom Krieg erzählte und seine Verstörung an uns Kinder weitergab. Meine Mutter sprach manchmal in großer Trauer vom Bombenkrieg 1945, der ihre Stadt Würzburg so verwüstete, wie heute Syrien durch die Bomben Assads, der Türken, der Russen und der Amerikaner zerstört ist. Die heutigen Bilder haben die Erinnerung überholt. Doch bei

Franz und dem Sultan geht es um einen Dialog, und über den Dialog versuche ich, mich der Szene zu nähern. Und es lässt sich nicht vermeiden: Beide werden aus mir sprechen wie heutige Menschen.

Ich setze mich hin und nehme eine Puppe, die einen Araber darstellt (ein Geschenk eines Freundes, der lange in Ägypten war). Und es beginnt wirklich ein Gespräch.

Der Sultan fragt: Nun, Herr Christ aus dem Lager der Kreuzritter, was möchten Sie mir denn sagen? Es ist der entscheidende erste Dialog, denn jetzt muss sich entwickeln, ob der Franz gleich seinen Kopf verliert, wie die Berater des Sultans fordern, oder ob er eine Chance erhält. Was also sagt der Franz, die Hände gefesselt, atemlos, erschöpft vom Weg über das Schlachtfeld und durch die Sonne, durstig und verschwitzt in seiner braunen Wollkutte?

?

Die Frage des Sultans war noch einfach zu erfinden, mit Hilfe der arabischen Puppe. Es ging fast von allein. Was aber möchte Franz dem Sultan sagen? Und was möchte ich, der ich dem Franz meine Stimme leihe, dem gefürchteten islamischen Autokraten und Kriegsführer sagen, nach all den Gräuel, die im Namen des Islam gerade verübt werden? Mit dem Wissen, dass wir an den Scheußlichkeiten der Kriege nicht ganz unbeteiligt sind? Es ist, stelle ich mir vor, ein stiller Augenblick mitten im Krieg. Franz will ja den Dialog. Er steht gefesselt vor dem Sultan von Kairo. Von draußen drängen sich Neugierige. Als der Sultan spricht, schweigen sie und lauschen.

?

Großer Sultan, die Liebe Gottes schickt mich. Ich danke dir, dass du mich sprechen lässt. Die Liebe Gottes ist wie ein Trunk frischen Wassers in der Wüste. Die Kreatur liegt darnieder und darbt, doch der Herr gibt allen zu trinken vom Wasser seiner Weisheit und Liebe.

Der Sultan ist von dieser Antwort nicht weniger überrascht als ich selber. Er wird darauf hin in die Hände klatschen und befehlen, dass man dem Franz und seinem Mitbruder einen Trunk frischen Wassers reicht. Dazu muss man ihnen die Fesseln abnehmen, was auch sofort geschieht. Beide nehmen einen tüchtigen Schluck. Dann wird der Sultan fragen: Wie meinst du das mit der Liebe? *Allah, gepriesen sei sein Name, ist der Allerbarmer*, er ist die Barmherzigkeit, doch von einer allgemeinen Liebe zu den Menschen steht nichts im Koran! Göttliche und menschliche Liebe sind etwas ganz anderes. Wie sollte sich der Allmächtige herablassen, dich zu lieben?

Ein Raunen geht durch die Reihe der umstehenden Berater des Sultans. Es scheint, denken sie, vielleicht ein interessantes Gespräch zu werden. Es ist nämlich langweilig, monatelang im Feld zu liegen, ohne dass es eine militärische Entscheidung gibt. Und außerdem ist es unterhaltsam, mit anzusehen, wie sich einer um Kopf und Kragen redet und zwar ganz im wörtlichen Sinne. Ein Scharfrichter mit riesigem Krummsäbel und einem Stück Leder, um das Blut aufzufangen, steht schon bereit am Ausgang des Zeltes. Besser er zeigt seine Kunst an einem schäbigen Christen als an ihren eigenen feinen Hälsen.

Franz nimmt noch einen Schluck aus der Schale. Die Tropfen stehen in seinem Bart, als er zum Sultan aufblickt und mit leuchtenden Augen erklärt: In unserer Religion ist die Liebe Gottes das Entscheidende. Denn ihretwegen hat er uns seinen Sohn gesandt, und wegen ihr dürfen wir uns als Christen taufen lassen. Das Wasser wäscht die Sünden ab, und es macht uns bereit, ihm nachzufolgen, wohin auch immer er will.

Der Sultan ist erstaunlich geduldig. Als der Dolmetscher fertig ist, sagt er: Das mit dem Sohn Gottes wollen wir erst einmal auf sich beruhen lassen. Auch das mit der Liebe. Doch sage mir: Weißt du denn nicht, wohin dein Gott dich führen will? Warum bist du zu mir gekommen? Meine Krieger hätten dich gleich erschlagen können. Du weißt, wir machen da kurzen Prozess, denn wir sind im Krieg. Warum seid ihr denn gekommen, warum führt ihr Krieg gegen uns?

Franz antwortet: Herr Sultan, ich bin gekommen, um zu dir über den Frieden zu sprechen. Denn Gott möchte nicht, dass wir Menschen uns gegenseitig töten, wie geschrieben steht: *Du sollst nicht töten*. Ich bin jedoch kein Unterhändler der Kreuzritter, die deine Stadt belagern. Ich weiß, dass diese von Frieden nicht viel halten und lieber eine Schlacht gewinnen. Das tut mir weh, denn das hat Gott nicht gewollt. Außerdem wollen sie Beute machen, und auch das hat Gott nicht gewollt. Wenn wir die Liebe Jesu erwidern wollen, dann sollen wir genau so arm und besitzlos sein wie er. Franz nimmt noch einen Schluck Wasser, als wolle er sich daran betrinken.

Wieder geht eine Bewegung durch die Berater des Sultans. Dieser Christenmensch bringt in seine Rede eine ganze Reihe von Reizwörtern, die ihm sogleich den Hals kosten können: Liebe Jesu, nicht töten, arm sein.

Es scheint, als wolle der Sultan sich Franz in der eigenen Falle verstricken lassen. Wie meinst du das mit der Armut? fragt er. Dürfen Christen nichts besitzen? (Die Berater hören hier gleich eine Fangfrage heraus).

Wie meinst du das mit der Armut? wiederholt der Dolmetscher mit Nachdruck.

Die Armut ist Franziskus´ Lieblingsthema. Wir sind frei darin, ob wir etwas besitzen wollen. Doch wir sollen wissen, dass uns alles nur geliehen ist. Wenn wir sterben, können wir nichts davon mitnehmen, außer dem wahren Besitz in unserem Herzen. Deshalb liebe ich die Armut. Sie ist meine geliebte und verehrte Herrin. Ich möchte so arm sein wie unser Herr Jesus.

Genug! donnert da der Sultan. Das reicht!

Alle zucken zusammen. Die Berater des Sultans kennen und fürchten diese Stimme, die so plötzlich umschlagen kann. Der Scharfrichter richtet sich auf. Wird er gleich zu tun bekommen? Franz verstummt, doch er bleibt aufrecht und sieht dem Sultan ins Gesicht. Bruder Illuminatus, der hinter ihm auf den Knien lag, beginnt zu beten. In der Stille ist nur das Flattern des Zelttuchs im Wind zu hören. Die Zeit hält den Atem an.

Ich sitze da, mit meiner Puppe in der Hand, ratlos. Der Dialog wird schwierig. Geht es überhaupt?

Da erklingt draußen eine Stimme. Allahu akbar, nichts ist größer als Gott, Gott ist unermesslich, ruft der Muezzin zum Mittagsgebet. Alle erheben sich und begeben sich in die Mitte des Zeltes. Der sandige Boden ist ganz mit einem dicken Teppich bedeckt. Da sind große Schalen und Krüge mit Wasser. Alle waschen die Hände und Arme bis zum Ellbogen. Der Sultan beugt sich und kniet sich hin, und alle tun es ihm nach. Franziskus bleibt zunächst unschlüssig stehen, kniet sich dann aber auch hin und verbeugt sich nach Osten wie alle andern. Illuminatus verbeugt sich auch, auf den Knien, und betet leise. Dann richten sie sich auf und sitzen auf den Fersen. Der Sultan schließt die Augen und betet still mit erhobenen Armen. Franz spricht leise ein Vaterunser. Als er damit fertig ist, wiederholt er die Worte „Unser tägliches Brot gib uns heute" und verändert sie in „unsere tägliche Liebe gib uns heute". Nach einigen weiteren Verbeugungen richten sich alle auf. Es ist Mittag, doch Franz hat gelernt zu fasten.

Der Sultan winkt, und seine Berater verlassen das Zelt, ebenso der Scharfrichter und die Wachen. Der Dolmetscher muss übersetzen: Wir machen jetzt eine Mittagspause. Man wird euch in ein Zelt führen, wo Ihr etwas zu Essen finden werdet und euch ausruhen könnt. Ihr seid meine Gäste. Man wird euch neue Kleider geben, damit die, die ihr tragt, gewaschen werden können, was ich euch sehr empfehle. Ich lasse euch am Nachmittag wieder holen. Ohne eine Antwort abzuwarten geht der Sultan aus dem Zelt. Der Dolmetscher führt die zwei Mönche über einen Platz, der mit Zelten und flatternden Fahnen gesäumt ist, vorbei an Gattern mit Pferden bis zu einem Zelt, vor dem zwei Wachen mit langen Säbeln stehen. Ihre grimmigen Gesichter lassen nichts Gutes erwarten. An ein Entkommen ist nicht zu denken.

4.

Drinnen, so stelle ich mir vor, steht ein Kessel mit frischem Wasser, Tücher, für jeden ein seidener Kaftan, und Teppiche mit Polstern. Durch die Zeltwände kommt ein mildes Licht, es ist angenehm kühl. Auf einer Schale sind Reis und Früchte angerichtet, dabei steht eine Kanne duftender Tee. Franz entledigt sich seiner verschwitzten Kutte, und Illuminatus tut es ihm nach. Sie legen ihre Sachen vor das Zelt, waschen sich, ziehen die Gewänder an und ruhen auf den Polstern. Die seidenen Kaftane sind ungewohnt angenehm. Illuminatus bricht das Schweigen: Franz, lieber Bruder, was wird der Sultan wohl mit uns machen? Er hört zu, wenn du sprichst, doch plötzlich wird er hart und macht mir Angst. Franz darauf: Lieber Bruder, der Sultan scheint ein verständiger Mann zu sein, der zuhören kann. Und wenn wir Angst haben, dann ist das die Angst, die unser Herr Jesus hatte, als er in die Hände seiner Feinde gefallen war. Wir können uns freuen, diese Angst mit ihm zu teilen. Denn Jesus leidet für alle Zeiten und freut sich über die Gesellschaft. Weißt du: Alles, was wir haben, wurde uns gegeben. Wir haben kein Verdienst daran. Das Einzige, was wir tun können, ist dafür zu danken und das Leiden Jesu mit zu tragen. Franziskus würde diese Sätze später beim Sultan wiederholen.

Franziskus schläft ein und hat einen Traum.

Natürlich weiß kein Mensch, was Franziskus träumte. Ich stelle mir vor, wie Franziskus von seiner Mutter träumt. Sie sagt Giovanni zu ihm, zärtlich. Das war sein Taufname. Francesco hat ihn später sein Vater genannt, weil er Frankreich so liebte. Sie sagt Gianni zu ihm und gibt ihm eine Orange. Die Frucht ist ganz warm, als hätte sie in der Sonne gelegen. Doch sie duftet nicht. Franziskus-Gianni befühlt die Schale. Es ist still. Dann kommen Pferde herein ins Zimmer, sie trappeln auf dem steinernen Boden. Ein Pferd drängt sich heran und nimmt mit dem Maul die Orange weg. Auf dem Tisch vor Francesco liegt jetzt ein Stein. Aus dem Stein kommt eine Blume, eine kleine Marguerite. Die Pferde machen Lärm, und Franziskus wacht auf.

Die Wachen sind im Zimmer und schlagen mit den Säbeln gegeneinander, um die beiden Mönche zu wecken. Kommt mit, sagen sie in ihrer Sprache. Illuminatus und Franz folgen ihnen sofort. Sie haben gerade noch Zeit, sich etwas Wasser ins Gesicht zu spritzen. Draußen ist es noch heiß, die Nachmittagssonne steht aber schon tief.

Franz denkt an den Traum. Seine Mutter hatte immer zu ihm gehalten. Als der Vater ihn einmal eingesperrt hatte, hatte sie ihn befreit, als der Vater verreiste. Er war dann gleich wieder hinausgegangen aus der Stadt zu den Bettlern und Aussätzigen, die vor der Stadtmauer lagen. Mutter fand das nicht gut, doch sie ließ ihn gewähren. Als der Vater unerwartet früher von der Reise zurück kam, ließ sie ihn sogar heimlich holen, damit er sich waschen konnte, bevor er dem Vater gegenüber trat. Pietro liebte seinen Sohn und war stolz auf ihn. Schade, dass Franziskus ihn später enttäuschen sollte. So gern hätte er ihm alles erklärt.

5.

Ich stelle mir vor:

Der Sultan erwartet sie in seinem Zelt. Es ist nicht das große Audienzzelt wie am Vormittag. Ringsum liegen dicke Polster, und in der Mitte auf dem Teppich stehen Platten mit Obst und Kannen mit duftendem Tee. An beiden Seiten des Zeltes sitzen ernste Männer mit Turbanen. An einer Stelle hinter dem Vorhang sind Frauen; Franziskus hört es an ihren Stimmen. Der Scharfrichter ist nicht da, und die beiden Wachen bleiben draußen vor dem Eingang.

Die beiden Mönche sollen Platz nehmen auf den Polstern dem Sultan gegenüber. Franz versucht sich zu konzentrieren. Ich hörte, beginnt der Sultan, dass es bei den Christen Männer gibt, die den Krieg ablehnen. Bis du einer von ihnen? Du wolltest vom Frieden sprechen. Hast du einen Auftrag? Wollen Deine Leute mir ein Angebot machen? Sprich ohne Furcht.

Franz nimmt Anlauf. Der Sultan hat das Gespräch sachlich eröffnet, und Franz erinnert sich plötzlich, wie er einst in Rom vor dem Papst stand und sein Anliegen sachlich vortragen sollte. Die erste Audienz damals war schlecht gelaufen. Franz war mit einer Handvoll Brüder zu Fuß nach Rom gewandert, um die Erlaubnis zum Predigen zu bekommen. Der Papst hatte sich zuerst an seiner schmutzigen Kluft gestört und gesagt, er solle besser bei den Schweinen im Stall bleiben. Doch in der Nacht darauf hatte der Papst jenen Traum von einem Mönch in brauner Kutte, der die einstürzende Lateranbasilika stützte. Der Papst erkannte den Franziskus, der gestern bei ihm vorgesprochen hatte. Franz war, schmutzig und enttäuscht, dem Bischof von Assisi in die Arme gelaufen, der zufällig auch in Rom war, und der ihn zum Kardinal Colonna brachte, wo er sich waschen konnte und eine saubere Kutte bekam. Beinahe so, wie er jetzt einen sauberen seidenen Kaftan bekommen hatte. Vor allem aber hatten die beiden ihm eingeschärft, wie er vernünftig zu dem Herrn Papst sprechen sollte. Daran erinnert sich Franz vor dem Sultan. Und wie damals in Rom beginnt er vernünftig zu sprechen. Er beginnt also:

Sehr geehrter Herr Sultan, Friede sei mit dir. Ich danke dir für den freundlichen Empfang. Ein Angebot aus dem Lager der Kreuzritter kann ich dir nicht überbringen. Ich komme aus freien Stücken zu dir. Doch ich komme nicht ohne einen Auftrag. Ich möchte dir die gute Botschaft unseres Herrn Jesus bringen, der uns aufgetragen hat, sie allen Menschen zu sagen. Die gute Botschaft ist: Wir alle sind Kinder Gottes. Er liebt uns, er vergibt uns unsere Schuld. Und alle Kreatur soll Gott loben als ihren Schöpfer.

Franz macht eine Pause. Der Sultan wartet die Übersetzung ab, dann sagt er trocken: Dass wir Gottes Geschöpfe sind, dessen Name gelobt sei, das ist mir nicht neu.

Er blickt zu Franz, wie um dessen Reaktion genau zu erfassen, und fügt hinzu: *Gott leitet, wen er will, auf dem rechten Weg.* Das war aus dem Koran (Sure 2, 209/213).

Franz tastet sich weiter: Gott liebt die Menschen so sehr, dass er uns seinen Sohn geschickt hat, der sich freiwillig in die Hände seiner Feinde begeben hat und für uns gestorben ist. Er hat uns so geschaffen, dass wir frei sind, zu sündigen, doch er möchte uns auf den rechten Weg führen. – Franziskus kommt etwas aus dem Konzept. Verstand der Sultan überhaupt etwas von Sünde?

Der Sultan sagt darauf: Über diese Dinge möchte ich mit dir sprechen, denn hier im Heerlager habe ich nicht viel Gelegenheit, ein gutes Gespräch zu führen. Meine Berater sind gebildete Leute, doch wir haben auch manchmal Meinungsverschiedenheiten. Unser Evangelium, der Koran, ist manchmal nicht ganz eindeutig, so scheint es. Zuletzt sagen wir immer: *Gott weiß es besser.* Doch wir wollen ihn verstehen, und das ist schwer. *Gott, Allah, der Allerbarmer und Allbarmherzige, er verhüllt sich. Die Blicke erreichen ihn nicht, aber er selber erreicht die Blicke. Er ist der Allgütige und weiß alles.* (Sure 6, 103) Du sprichst zum Beispiel von den „Kindern Gottes". Doch sind wir nicht einfache Menschen? *Da sagen die Juden und Christen: Wir sind Kinder Gottes und seine Lieblinge. Sprich: Warum straft er euch dann wegen eurer Sünden? Nein, ihr seid ganz normale Fleischwesen wie die anderen, die er erschaffen hat* (S. 5, 18/21). Was meint ihr dazu?

Ach Sultan, sagt darauf der Franz, wir sind Sünder, und ich bin wohl der allerniedrigste unter ihnen. Du fragst, was Sünde ist? Es ist, wenn einer lebt, als gäbe es Gott nicht, und deshalb auch nicht beständig dankt für alles das, was uns gegeben wurde.

Ich habe nicht den Eindruck, dass du so lebst, als gäbe es Gott nicht, sagt darauf der Sultan. Doch was hat es damit auf sich, dass die Menschen frei sind zu sündigen?

Franz erklärt: Gott hat es uns ermöglicht, um uns zu prüfen. Als er das Paradies geschaffen hatte und Adam darin leben sollte, sagte er ihm, er dürfe von allen Bäumen des Gartens essen bis auf einen, nämlich den der Erkenntnis des Guten und Bösen. Sonst würde er sterben. Als Gott dann auch Eva geschaffen hatte, sprach die Schlange zu ihr: Mitnichten würden sie sterben, sondern ihre Augen würden aufgetan und sie würden wissen was gut und was böse ist. Sie aßen davon, und sogleich merkten sie, dass sie nackt waren, und Gott kam und stellte sie zur Rede. Sie mussten das Paradies verlassen und das mühsame Leben beginnen. *Gott sprach: Siehe, Adam ist geworden wie unsereiner und weiß, was gut und böse ist: Nun aber, damit er nicht ausstrecke seine Hand und breche auch von dem Baum des Lebens und esse und lebe ewiglich! Da wies ihn Gott der Herr aus dem Garten Eden, dass er das Feld baute, davon er genommen ist* (Gen.3, 22). Verflucht aber wurde die Schlange: Auf ihrem Bauche sollte sie gehen und Erde fressen ihr Leben lang.

Der Sultan wartet die Übersetzung ab und sagt: So ungefähr kennen wir die Geschichte auch, nämlich so, wie der Erzengel Gabriel sie dem Propheten Mohammad, gelobt sei sein Name, diktiert hat. Sie beginnt damit, dass einige Engel sich gegen Allah, den Allmächtigen, stellen. *Der Herr sprach zu den Engeln: Ich will auf Erden einen Stellvertreter einsetzen.* Die Engel fanden das nicht gut, sie sagten: *Willst du da einen einsetzen, der Unheil stiften und Blut vergießen wird, während wir doch dein Lob preisen und dich heiligen? Er erwiderte: Ich weiß, was ihr nicht wisst.* Und er schuf Adam und lehrte ihn die Namen aller Dinge, so dass dieser mehr wusste als die Engel. *Dann sprach er zu den Engeln: Fallet vor Adam nieder. Und sie fielen nieder, ausgenommen Iblis – der war ein Djin; er weigerte sich und tat hochmütig, denn er war ein Ungläubiger. Wir sprachen dann* (das heißt Gabriel sprach im Namen Allahs): *O Adam, bewohne du und dein Weib den Garten und esset davon in Fülle, soviel ihr wollt, aber nähert euch nicht diesem Baum, ihr seid sonst Frevler. Satan aber vertrieb sie aus dem Garten. Wir sprachen dann: Hinaus! Auf der Erde sollt ihr jetzt eine Zeit lang wohnen. Und Adam lernte von seinem Herrn Worte, auf die er sich ihm wieder zuwandte, denn wahrlich, er ist der Allverzeihende, der Allbarmherzige* (S. 2, 28/30 ff. auch S. 20, 115/118).

Franziskus sagt darauf: Dass der Satan, der Versucher, den du Iblis nennst, sich gegen Gott erhoben hat, steht so nicht in unserer Bibel. Doch ich weiß, was es heißt, wenn der Versucher in mir wach wird und will, dass ich vom rechten Weg abkomme. Das ist schrecklich und ein täglicher Kampf. Es ist meine Aufgabe. Gott ist allmächtig, und es gibt keine Gewalt im Himmel, die nicht in seinem Namen handelt. Dass die Schlange Eva versuchte, bedeutet, dass sie nicht gefestigt war im Glauben und nicht dankbar war für alles, was sie bekommen hatte. Das ist der Ursprung der Sünde. Darin aber liegt auch die Freiheit, die Gott uns zugesteht. Die Menschen haben nun gelernt, was gut und böse ist, und wir müssen alles tun, um die Gnade Gottes wieder zu erhalten. Das Böse ist, wenn wir das Gute vergessen. Doch wenn ich mich Gott nähere, erfasst mich unbeschreibliche Freude, dann wird alles gut. - Franz steht auf, denn bei dieser Freude kann man nicht einfach sitzen bleiben.

Ich verstehe nicht, was du meinst, sagt der Sultan. Nach dem Koran war es der Iblis, der Satan, der Adam und Eva vertrieb. Deshalb brauchen wir klare Regeln, so wie sie Allah, der Allerbarmer, uns gegeben hat. Und Allah, der Allverzeihende und Allerbarmer*, er schaut auf seine Diener* (S. 3, 19). Und so hat es auch Gabriel dem Propheten aufgetragen: *„Sprich: Liebt ihr Gott, so folget mir! Auch Gott wird euch lieben und euch eure Sünden vergeben, denn Gott ist allvergebend und allbarmherzig. Sprich: Gehorchet Gott und dem Gesandten. Wenn ihr euch aber abwendet: Gott liebt nicht die Ungläubigen, die ihn verleugnen!"* (S. 3, 29/31).

Verstehst du, fährt der Sultan fort: Wir wissen noch gar nicht, was gut und böse ist, und deshalb brauchen wir die Führung Allahs, dessen Name geheiligt sei. Wenn wir dem Propheten folgen, so liebt uns Gott, aber nur dann. *Und für den, der Gott trotzt und seinem Gesandten, für den ist das Feuer der Hölle, in dem er ewig verbleibt* (S. 9, 64). Das ist ernst. Wir müssen lernen. Doch die Entscheidung liegt bei Gott, und sie liegt nicht bei uns: *„Wollte es dein Herr, sicherlich würden alle auf Erden geglaubt haben.* Alle würden den Islam angenommen haben. *Doch willst Du die Menschen zwingen, bis sie Gläubige geworden sind? Keiner Seele ist es gegeben, gläubig zu sein, wenn nicht mit dem Willen Gottes. Und die Strafe wird er setzen über diejenigen, die nicht begreifen"* (S. 10, 99 und S. 2,256). Verstehst du: Die DAS nicht begreifen.

6.

Franziskus braucht eine Zeit, bis er das alles verstanden hat. Dann sagt er: Sultan, nach dem, was du sagst, steht es dem Menschen frei, sich zu Gott zu bekennen. Bestraft wird, wer den Menschen diese Freiheit nehmen will. Wenn einer aber nicht glaubt, wird er verdammt werden. Das ist ein Widerspruch. Auch beim Evangelisten Markus heißt es: *Wer da glaubet und getauft wird, der wird selig werden; wer aber nicht glaubet, der wird verdammt werden* (Mk. 16, 16). Deshalb glauben wir, dass Jesus, der Sohn Gottes, diesen Widerspruch für uns aufgehoben hat. Denn in ihm ist Gott zu einem Menschen geworden, der so schwach war wie wir, der gelitten hat, der aber mutig zu seinen Feinden gegangen ist und gesagt hat: Schlagt mich auch auf die andere Backe. Ich will arm sein, ohne einen Besitz, der mich ja nur vom Himmelreich und von meinem Vater im Himmel ablenkt. Es geht darum, das zu begreifen, wie du sagst. Es gibt keinen Ausweg als den Glauben.

Der Sultan sagt darauf: Jetzt verstehe ich, warum Jesus für euch so wichtig ist. Doch warum sagt ihr, er ist der Sohn Gottes? Warum genügt es nicht zu sagen und zu glauben, dass er ein Gesandter war? Der Prophet, gepriesen sei sein Name, sagt es ganz klar: *Der Messias, der Sohn Marias, ist nichts anderes als ein Gesandter, und bereits vor ihm waren andere Gesandte* (S. 5, 70). Und er sagt sogar: *Ungläubig sind ganz gewiss, die da sagen: Wahrlich, Gott ist der Messias, der Sohn Marias.* Das ist einfach falsch, denn der Messias ist einer, der das Volk Israel aus der Knechtschaft führt. Er ist nicht Gott! *Denn der Messias,* also Jesus, *sprach selber. O Kinder Israels, verehret nur Gott, meinen Herrn und euren Herrn.- Wahrlich, wer neben Gott noch einen stellt, dem ist das Paradies verwehrt und er wird ins Fegefeuer kommen. Und da gibt es keine Hilfe für sie* (Sure 5, 72/76).

Du sprichst recht, sagt darauf Franziskus nach einigem Überlegen. Jesus hat gesagt: *Vater unser im Himmel, geheiligt werde*

Dein Name. Er hat sich immer als Mensch, als *Menschensohn* bezeichnet, und nie als Gott oder Gottessohn. Doch er sagt auch: *Ich bin der gute Hirte.* Das heißt: Ich bin einer, der für seine Schafe sorgt, und der sogar sein Leben für die Schafe gibt. Einer, der nur gemietet ist, und dem die Schafe nicht gehören, der sieht den Wolf kommen und verlässt die Schafe und flieht, und der Wolf frisst die Schafe. *Ich bin der gute Hirte und erkenne die Meinen und die Meinen kennen mich, wie mich mein Vater kennt und ich kenne den Vater. Und ich lasse mein Leben für die Schafe* (Joh. 10, 12). Und später sagt Jesus: *Denn meine Schafe hören meine Stimme, und ich kenne sie, und sie folgen mir, und ich gebe ihnen das ewige Leben. Der Vater, der sie mir gegeben hat, ist größer denn alles, und niemand kann sie aus meines Vaters Hand reißen.* Und dann sagt Jesus wirklich: *Ich und der Vater sind eins* (Joh. 10, 30). Wer mich sieht, der sieht den Vater.

Als der Übersetzer diese Worte ins Arabische übertragen hat, geht ein Raunen durch die alten Männer, die zu beiden Seiten des Sultan sitzen. Hinter dem Vorhang der Frauen ist es mäuschenstill geworden.

Franz merkt, dass er sich weit vorgewagt hat. Er sagt in die aufkommende Unruhe hinein: Das bedeutet, dass Jesus im Namen seines Vater handelt, der auch unser Vater ist. Jesus ist ein Bruder. Er ist ein Gesandter, er ist ein Prophet, er ist auch ein Mensch, ein *Menschensohn*, weil er das schlimmste menschliche Schicksal auf sich genommen hat. Er ist unser Bruder. Und in ihm ist Gott Mensch geworden. Bei seiner Taufe im Jordan hat Gott gesagt: *Du bist mein lieber Sohn, an dem ich Wohlgefallen habe.* Das steht beim Evangelisten Markus im ersten Kapitel.

Der Sultan beschwichtigt die Männer, die murmelnd und unwillig die Turbane schütteln, und sagt: Was du sagst, klingt nicht schlecht, und ein guter Hirte ist sicher einer, der gläubig ist.

Der Messias sorgt sich für die Schafe, gut. Doch kannst du keine Familiengeschichte daraus machen. *Der Messias ist nichts als ein Gesandter*. Er kann das Gesetz nicht ändern, das Gott gegeben hat. *O ihr Schriftleute, sagt der Prophet, überschreitet nicht eure Religion und saget von Gott nichts als die Wahrheit...* (S. 4, 169-173)

Es ist ein kritischer Augenblick. An dieser Stelle hätte das Gespräch zwischen Franziskus und den Sultan zu Ende sein können. Es hätte ein blutiges Ende nehmen können. An der Person Jesu schieden sich die Geister. Ich stelle mir vor: Einer der Herren im schwarzen Turban erhebt sich, und alle verstummen. Der Herr schüttelt sich wie im Abscheu und sagt mit tiefer Stimme:

Was wir hier heute hören müssen, ist Gotteslästerung. Gabriel hat zum Propheten Mohammad gesagt, der Stimme unseres Herrn, des Allerbarmers: *Zur Hölle treiben wir die Sünder, wie eine durstige Herde. Sie werden keine Fürsprache erlangen, außer wer mit dem Allerbarmer ein Bündnis geschlossen hat. Sie sagen: Der Allerbarmer habe einen Sohn gezeugt. Damit haben sie etwas sehr Schwerwiegendes gesagt*. Der Mann erhebt seine Stimme und ruft drohend: *Spalten fast könnten sich davon die Himmel, bersten die Erde und die Berge in Trümmern zusammenstürzen* (S. 19, 89). *Die zu warnen, die da sagen, Gott habe einen Sohn gezeugt. Sie haben davon keine Kenntnis, auch nicht ihre Väter. Schwer ist das Wort, das aus ihrem Mund kommt, Lüge nur reden sie* (S. 18, 3). Zur Hölle mit den Sündern!

Sultan al-Kamil, der du der Vollkommene heißt, dulde nicht diese Gotteslästerungen! In der Hölle werden sie bestraft werden: *Schrecken will ich setzen in die Herzen derjenigen, die ungläubig sind; so schlaget ihnen über die Nacken, schlaget ihnen alle Fingerspitzen ab. Dies, weil sie Gott trotzten und seinem Gesandten!* (Sure 8, 12)

7.

Der zornige Mann setzt sich, und die anderen nicken zustimmend. Der Sultan sagt jetzt schnell, wie um Schlimmes zu verhüten:

Verehrter Emir, ich höre Deine Worte wohl. Doch: *Keiner Seele ist es gegeben, gläubig zu sein, wenn nicht mit dem Willen Gottes. Und die Strafe wird er setzen über diejenigen, die das nicht begreifen* (S. 10, 99).

Der Sultan macht eine kleine Pause, dann fährt er fort: Ihr habt natürlich recht. Es heißt: *Sprich: Er ist der einzige Gott. Der unwandelbare Gott. Er zeugt nicht und ward nicht gezeugt. Und niemand ist ihm gleich* (S. 112). *Er ist Schöpfer der Himmel und der Erde. Wie sollte er einen Sohn haben, und er hat doch keine Ehegenossin* (S. 6, 101). Gott ist einzig. *Sie sagen, Gott habe einen Sohn gezeugt. Erhaben ist er darüber. Er ist unbedürftig. Sein ist alles in den Himmeln und auf Erden* (S.10, 69). Wozu einen Sohn? Und der Erzengel Gabriel sprach weiter: *Wahrlich, die über Gott Lüge ersinnen, werden kein Glück haben. Später werden wir sie die schwere Pein kosten lassen, weil sie ungläubig waren* (S. 10, 70).

Die Herren in den Turbanen nicken, denn sie kennen diese Worte ebenso auswendig wie der Sultan. Es war eines der Hauptanliegen des Propheten Mohammad, festzustellen, dass Gott unteilbar und einzig ist. Jesus war zwar ein Gesandter, ein Prophet wie vor ihm Moses und Hiob und andere, und er war von Allah in besonderer Weise ausgezeichnet, doch die Geschichten des Neuen Testaments des Matthäus, Markus, Lukas und Johannes konnte er nicht alle akzeptieren. Vor allem nicht, was die christlichen Kirchen daraus gemacht hatten. Zu viele verschiedene Vorstellungen hatten die Christen davon, wer Jesus wirklich war, Sohn des Menschen und Messias, Gottes Sohn, Gott, oder einfach ein Mensch. Mohammad hielt es da mit Abraham, für den es nur den einen ungeteilten Gott gab. Und die Vorstellung der Kreuzigung des Jesus und seiner Auferstehung war für ihn schon gar nicht akzeptierbar. Das war Gotteslästerung.

Leider beginnt Franziskus nun, ausgerechnet davon zu sprechen, und er schüttet Öl ins Feuer:

Gott ist groß und allmächtig. Es geschieht was er will, und er braucht auch keine Ehegenossin, um einen Sohn zu zeugen. Das sehen wir auch so, und das ist ja gerade das Wunder! Maria war eine Jungfrau. Der Engel sprach zu Maria, dass sie einen Sohn bekommen würde, den solle sie Jesus nennen. *Und Maria antwortete ihm: Wie soll das zugehen, da ich doch von keinem Manne weiß? Und der Engel antwortete ihr und sagte: Der Heilige Geist wird über dich kommen, und die Kraft des Höchsten wird dich überschatten; darum wird auch das Heilige, das von dir geboren wird, Gottes Sohn genannt werden.* (Luk. 1, 31).

So steht es auch im Koran, sagt der Sultan, nur dass er nicht Gottes Sohn genannt wird. Das haben wir doch schon geklärt. Er war ein Gesandter, und einer der Allah ganz nahe steht. *Und alsdann sprachen die Engel. O Maria, siehe, der Herr verkündet dir das Wort von ihm, sein Name ist der Messias Jesus, Sohn Marias, angesehen hier und im Jenseits, einer der Gott nahe steht.* Und als Maria sagte, sie habe noch nie ein Mann berührt, da sprachen die Engel: *So ist es, Gott bildet, wie ihm beliebt. Wenn er eine Sache beschlossen hat, so sagt er nur: Es werde, und es wird. Und Allah wird ihn die Schrift lehren und die Weisheit und die Thora und das Evangelium, und wird ihn als Gesandten zu den Kindern Israels schicken* (Sure 3, 40 ff.).

Franz hört mit Überraschung, dass Jesus im heiligen Buch der Moslems eine solche Stellung einnimmt. Dass er Gott so nahe stand. Allah hatte ihn sogar die Thora gelehrt und das Evangelium! Und damit hatte er ihn zu den Juden geschickt! Und Franz nimmt es begeistert auf:

Genauso steht es in der Heiligen Schrift! Dann ist er in Bethlehem geboren worden, in einem Stall, weil Maria und Josef keine Herberge gefunden haben, und da waren Ochs und Esel, und der Stern am Himmel, und es war ein Fest der Liebe: *Also hat Gott die Welt geliebt, dass er ihr seinen einen geborenen Sohn gab, auf dass alle, die an ihn glauben nicht verloren werden, sondern das ewige Leben haben!* Und die Hirten kamen und sahen das Kind, und die Engel haben im Himmel gesungen. Franz war aufgestanden und wiegte sich beim Sprechen.

Und er ist für uns gestorben und auferstanden von den Toten. Und deshalb können wir wissen, dass auch wir leben werden und nicht für immer tot bleiben.

Der Sultan schüttelt den Kopf. Das sind die Geschichten, die sie über Issa geschrieben haben. Das ist nicht das Evangelium, das Gott ihn gelehrt hat! Die Menschen schreiben viel, und obwohl sie die Thora und das Evangelium bekommen haben, streiten sie sich fortwährend, was richtig ist. Was denkst du, ist das Evangelium, das Issa gepredigt hat?

Der Sultan sagt jetzt wieder „Issa", wie um auszudrücken, dass er von einem anderen, dem wahren Jesus spreche, den Mohammad im Koran so heraushebt. Und über das Leben nach dem Tod können wir überhaupt nichts wissen. Es heißt zwar, dass wir zu Gott zurückkehren: *Die Geduldigen, wenn Unglück sie trifft, sprechen: Wir gehören Gott, und zu ihm kehren wir zurück* (Sure 2, 151). Es gibt auch viele Geschichten über das Leben nach dem Tod. Doch bleibt Allah wie hinter einem Vorhang, und nur mit Liebe können wir uns ihm nähern. Es ist wie in jenem Gedicht:

Die Rätsel dieser Welt löst weder du noch ich,
Jene geheime Schrift liest weder du noch ich –
wir reden diesseits des Schleiers, doch wenn der
Vorhang fällt bleibt nichts von dir und mir.

Das Gedicht ist von Omar Chajjam, fügt der Sultan hinzu, nachdem der Dolmetscher es übersetzt hat. Er ist mein Meister.

Aber von dem, was hier ist, können wir doch etwas wissen, sagt nun Franz mit Begeisterung. Und wir wissen, was Jesus getan hat, und was er gepredigt hat. Er hat den Vorhang aufgehoben. Das ist doch das wahre Evangelium, und Franz begann zu singen:

> *Selig sind, die arm sind im Geiste, denn das Himmelreich gehört ihnen. Selig sind, die da Leid tragen, denn sie sollen getröstet werden. Selig sind die Sanftmütigen, denn sie sollen das Erdreich besitzen. Selig sind, die hungern und dürsten nach Gerechtigkeit, denn sie sollen satt werden. Selig sind die Barmherzigen, denn sie werden Barmherzigkeit erlangen. Selig sind die, die reinen Herzens sind, denn sie werden Gott sehen. Selig sind die Friedfertigen, denn sie werden Gottes Kinder heißen. Und selig sind, die um Gerechtigkeit willen verfolgt werden, denn das Himmelreich gehört ihnen (Math. 5, 3-10).*

Franz muss diese Worte wiederholen, denn der Dolmetscher tut sich schwer, und der Sultan will sie genau hören. Dann sagt er: Ich sehe, wie du überzeugt bist, doch mehr als was du sagst gefällt mir die Begeisterung in deiner Stimme. Woher hast du diese Begeisterung? Was ist das: selig sein? Und was ist das Himmelreich? Wir sagen:

> *Niemand hat Himmel und Hölle gesehen, o Herz,*
> *sag mir: Wer kam zurück von jener Welt?*
> *Unser Hoffen und Bangen besteht aus etwas,*
> *wofür es keine Gültigkeit, doch nur den Namen gibt.*

Das ist ein Gedicht, auch von Omar Chajjam. Ein wunderbarer Dichter und ein Sufi.

Franziskus antwortet: Das ist, weil Jesus uns so geliebt hat, und wir ihn wieder lieben können. Und weil er für uns gestorben ist. Verstehst du nicht, er hat alles auf sich genommen, er hat sich nicht gewehrt, er hat den Kopf hingehalten für uns und gesagt, wir sollen ihm nachfolgen.

Gut, dass du nicht wieder von der Kreuzigung anfängst, sagt der Sultan. Doch erkläre mir: Wenn Issa oder Jesus schon alles auf sich genommen hat, warum sollen wir, das heißt ihr, die Christen, das auch noch machen? Ist es nicht genug, was Issa getan hat?

Das ist, sagt Franz und beginnt zu schaukeln und zu tanzen: Das ist wegen der Liebe. Wir sollen Jesus nicht allein lassen. Wir wollen bei ihm sein. Jesus ist unser Nächster. *Du sollst deinen Nächsten lieben wie dich selbst* (Math. 19, 19). Wir sollen den Tod nicht suchen, doch wenn er kommt, sollen wir ihm nicht ausweichen. Wir sollen gehen und predigen: *Das Himmelreich ist nahe herbeigekommen* (Math. 10, 7). *Wer sein Leben findet, der wird es verlieren, und wer sein Leben verliert um meinetwillen, der wird es finden* (Math. 10, 39). Es ist die Liebe. Und es heißt: *Kommet her zu mir alle, die ihr mühselig und beladen seid; ich will euch erquicken. Nehmet auf euch mein Joch, und lernet von mir, denn ich bin sanftmütig und von Herzen demütig; so werdet ihr Ruhe finden für eure Herzen. Denn mein Joch ist sanft, und meine Last ist leicht* (Math. 11, 28 ff.). Die Liebe ist das Schönste und Größte, und ohne die Liebe ist alles nichts. Glaube, Liebe und Hoffnung bleiben, aber die Liebe ist die Größte unter ihnen. Und Liebe sollen wir bringen. Franz beginnt zu beten:

Herr, mache mich zu einem Werkzeug deines Friedens,
dass ich Liebe bringe, wo man sich hasst,
dass ich vergebe, wo man mich beleidigt,
dass ich Versöhnung stifte, wo man sich streitet,
dass ich ein Licht anzünde, wo Finsternis regiert,
dass ich Freude bringe, wo Verzweiflung herrscht..

O Herr, lass du mich trachten:
nicht dass ich getröstet werde,
sondern dass ich andere tröste,
nicht dass ich verstanden werde,
sondern dass ich andere verstehe,
nicht dass ich geliebt werde,
sondern dass ich andere liebe,
denn wer hingibt, der empfängt,
wer sich selbst vergisst, der findet,
wer verzeiht, dem wird verziehen,
und wer stirbt im Glauben,
der erwacht zum ewigen Leben.

Wieder lässt der Sultan sich Zeile für Zeile übersetzen.

Das ist schön, sogar sehr schön, sagt er dann. Doch ich bin nicht überzeugt.

Was du sagst gefällt mir. Es ist eine Ethik, die ich ebenso teile, und ich denke, auch meine Brüder im Glauben. *Allah ist der Allbarmherzige und Allerbarmer,* und wer Allah richtig liebt, der wird genauso handeln, wie du sagst. Ich kenne Menschen meines Glaubens, die ebenso leben, wie du sagst. Und gerade, weil Issa so gepredigt und gelebt hat, hat Allah ihn auch zu sich genommen. *Er war der Gläubigen einer.* Und es heißt: *Wir gaben ihm das Evangelium, darin eine Rechtleitung ist und ein Licht und eine Bestätigung dessen, was von der Thora vor-*

handen war, das heißt was im Gesetz der Juden steht*; eine Ermahnung für die Gottesfürchtigen* (Sure 5, 50 ff.). Jesus war ein Gesandter für die Juden, er war ein Rabbiner.

Aber sie haben ihn nicht gekreuzigt. Getötet haben sie einen anderen. Auch wenn sie sagen: *Wir haben den Messias, Jesus, den Sohn Marias, den gesandten Gottes, getötet. Jedoch nicht getötet haben sie ihn und nicht gekreuzigt, nur ähnlich schien er ihnen. Und wahrlich, die darüber streiten und zweifeln, was wirklich geschehen ist, sie wissen es nicht. In Wirklichkeit haben sie ihn nicht getötet, sondern Gott hat ihn zu sich erhoben, denn Gott ist stark und allweise.* (Sure 4, 156 ff.). Gott lässt niemals zu, dass sein Gesandter von Menschen getötet wird.

Franz hat sich etwas beruhigt. Er fragt nach: Du sagst, Jesus wurde nicht gekreuzigt, sondern ist so zum Himmel aufgefahren? Das kann nicht sein, wir haben doch die Zeugnisse der Apostel, der Evangelien, des Paulus, des Petrus, der Heiligen. Es betrübt mich, dass du das nicht so siehst. Sie haben ihn gekreuzigt, weil er gesagt hat, dass Gott in ihm ist. Dass Jesus für uns gestorben ist, das ist der Grundstein unseres Glaubens! Und gerade darin zeigt sich, dass Gott ein Mensch geworden ist, so arm und elend wie nur möglich, in einem Stall geboren, passus et sepultus est, und gefoltert und hingerichtet. Das ist das größte aller Wunder, dass Gott das auf sich genommen hat. Und deshalb die Auferstehung von den Toten am dritten Tag. Darauf bauen wir. Deshalb wissen wir, dass Gott auch in uns ist! Er lässt uns nie allein.

Da werden wir uns nie einig sein können, sagt der Sultan darauf ziemlich trocken und fast mit Bedauern, dass er dem Mönch hier nicht folgen kann. Gott war eben nicht Mensch geworden. Das war eine absurde Vorstellung. Und gab es nicht sogar Christen, die sagten, Jesus sei ein normaler Mensch gewesen und erst nach seinem Tod zu Gott aufgefahren? Andererseits, denkt er, gab es nicht im Islam auch große Männer und Heilige, die als

Märtyrer gestorben waren? Da war Halladsch, der große und begeisterte Gläubige, der sagte, Allah sei in ihm – und ihn hatte man deshalb an ein Kreuz geschlagen! So wie die Christen das von Issa behaupten! Was war der Unterschied von Hussein, dem Imam, der von allen Freunden verlassen durch die Gegner umgebracht wurde, zu Issa, den zuletzt seine Jünger verlassen hatten? Wie konnte es zu der ominösen Verwechslung kommen? Allah hatte Issa zu sich ins Paradies genommen, und am jüngsten Tag würde Issa ihm helfen, die Menschen zu richten. Die gläubigen Moslems am Freitag, die Juden am Samstag, und die Christen am Sonntag, damit alles seine Ordnung hatte.

Ich stimme dir zu, sagt der Sultan weiter, dass Issa ein besonders Ausgezeichneter war. Er war ein Gesandter. Im Koran heißt es: *An jenem Tag wird Gott die Gesandten versammeln und zu ihnen sprechen. (...) Dann spricht Gott: O Jesus, Sohn Marias, gedenke meiner Huld über dir und deiner Mutter, wie ich dich mit dem heiligen Geist gestärkt habe, dass du schon in der Wiege zu den Menschen redetest und im Mannesalter. Wie ich dich die Schrift lehrte und die Weisheit und die Thora und das Evangelium. Wie du nach meinem Willen aus Ton das Gebilde eines Vogels fertigtest und hinein hauchtest, worauf es mit meinem Willen ein wirklicher Vogel wurde. Wie du mit meinem Willen einen Blindgeborenen heiltest und einen Aussätzigen. Wie du mit meinem Willen Tote auferstehen ließest* (Sure 5, 108-110). Und wie ich dich vor den Juden schützte, die dir Zauberei vorwarfen. So sagt es der Koran.

Franz nimmt auf, was der Sultan offenbar meint. Jesus hat den Blinden geheilt, weil dieser ihm sagte: Ich will sehen. Das steht bei Lukas im 18. Kapitel (Luk. 18, 35 ff.). Ich glaube, der Mann hat gesagt: Heile mich, weil ich dich sehen will. Das bedeutet, er konnte sehen, er lernte zu sehen, weil er Jesus erkannte. Wir alle sind blind, solange wir nicht erkennen, wer Jesus wirklich ist. Doch sage mir, was war das mit dem Vogel? Davon habe ich noch nichts gehört. Franz wird ganz aufgeregt, denn für die Vögel schlägt sein Herz.

8.

Der Sultan ist froh, das Thema wechseln zu können. Er lässt den beiden Mönchen Tee einschenken und sagt fast beiläufig: Nun, Jesus machte einen Vogel aus Ton, und er hauchte ihn an, und der Vogel bekam Federn und Flügel und flog auf und davon. Die Leute staunten, und so sahen sie, dass Issa ein Gesandter war. Dieses Wunder war das erste. Bei Gott ist alles möglich.

Er machte einen Vogel aus Lehm? fragt Franz. Davon steht nichts in unserem Evangelium. Und er hat ihn lebendig gemacht? Das ist mir neu, doch nach alle dem, was ich von Jesus weiß, kann ich mir das auch vorstellen.

Dann wären wir uns ja einig, lacht nun der Sultan. Wir haben sogar Geschichten, wie die Vögel sich unterhalten und über Allah, den Allerbarmer, miteinander sprechen. Wahrscheinlich plaudern sie eher, als dass sie sich vernünftig unterhalten, denn Vögel sind leichtsinnig und machen sich wenig Gedanken.

Franz erinnert sich, wie er öfter den Vögeln gepredigt hatte, zuhause in Italien, und wie sie schweigend und andächtig zugehört hatten. Er hatte ihnen gesagt, sie sollten Gott loben – und es war, als wüssten sie das längst und machten in ihrem Singen nichts anderes. Doch er sagt nichts, um den Sultan nicht zu ärgern. Er genießt einen Moment die entspannte Stimmung bei diesem Thema.

Es gibt viele schöne Geschichten über die Vögel, sagt der Sultan und lächelt. Im Koran steht:

Siehst du nicht, dass alles Gott preist, im Himmel und auf der Erde, und auch die Schwärme der Vögel? (Sure 24, 41).

Wir haben sogar eine große neue Dichtung darüber, wie sie sich unterhalten und wie sie sich auf den Weg zu Gott machen. Sie ist von Attar und sie heißt mantiq ut-tair, das Gespräch der Vögel. Ich habe es neulich gehört. Es ist eine alte persische Geschichte. Die Vögel wollen zum Simurgh, dem König aller Vögel. Der Simurgh ist uralt, er ist älter als die Welt. Tausend Vögel machen sich auf den Weg zu ihm. Der Wiedehopf Hudhud führt sie und erzählt ihnen Gleichnisse. Denn was sie eigentlich suchen, ohne es zu wissen, ist Gott selber, der Unsichtbare, der hinter dem Vorhang:

> *Dem Blick verborgen, doch im Herzen sichtbar,*
> *jenseits der Welt, doch in der tiefsten Seele.*
> (Attar MN 583)

Und Attar sagt weiter:

> *Die Neigung aller Geschöpfe gilt Dir nur allein in*
> *Ewigkeit, ob sie es wissen und ob´s ihnen unbewusst.*

Franz ist begeistert, als er das hört. Alle Geschöpfe wollen zu Gott! Und der Sultan schließt die Augen und fährt fort:

Tausend Vögel machen sich auf den Weg, doch zuletzt schaffen es nur 30 Vögel, die Hudhud folgen, ins Tal der Gotteserkenntnis. Dort staunen sie, denn offenbar gibt es nicht nur den einen Weg – *So viele Wege, die darin erscheinen, ein jeder sieht sie nach dem eigenen Meinen*! Dann kommen sie in das Tal der Unbedürftigkeit – indem es keinen Anspruch und keinen tieferen Sinn mehr gibt. Dann das Tal der Gotteseinigkeit, das Tal der Verwirrung, und zuletzt kommen sie zu jenem rätselhaften Simurgh selber. Es ist der König der Vögel, doch dieser sind sie selbst!

Du wisse, wenn der Simurgh aus dem Schleier, der Sonne gleich, die Wange lässt erglänzen, wirft auf den Staub Millionen Schat-

ten er und blickt dann diese reinen Schatten an. So streut er seinen Schatten auf die Welt, und so viel´ Vögel kommen auf die Welt: Du Ahnungsloser, wisse: Alle Vögel dieser Welt sind nichts als Simurghs Schatten nur.

Der Sultan ist ins Schwärmen geraten, und der Dolmetscher hat Mühe das Lied zu übersetzen. Er erklärt dem Franz: das Wort Simurgh bedeutet nichts anderes als „Dreissig Vögel"! Der unbeschreibliche König der Vögel, das Ziel ihrer langen und beschwerlichen Reise, waren sie selbst. Und sie verschwanden in diesem Licht. Sie lösten sich aus Liebe in Gott auf.

Franz kann nur ahnen, was es mit dieser Geschichte auf sich hat. Doch der Sultan ist von ihr ergriffen. Er wiederholt einzelne Verse.

Als diese dreißig Vögel um sich schauten, da waren sie „si murgh" der Simurgh selbst! Vor Staunen drehte ihnen sich der Kopf – sie wussten nicht war dies Er, waren sie´s? Sie sahen sich als Simurgh ganz und gar, und auch als si murgh, dreißig Vögel, klar. (Attar S. 230) Sie waren nicht mehr sie selbst, sie waren in Gott aufgegangen. O, so wunderbar!

9.

Franz hört die seltsame Geschichte mit Staunen. Dass die Vögel selber nichts anderes sein sollten als der große König oder Gott selber, erscheint ihm zu phantastisch. Doch spürt er etwas Verwandtes in seiner eigenen Erfahrung. In der Portiuncula hatte Jesus zu ihm gesprochen, und es war als käme die Stimme auch aus ihm selber. Er war damals noch ganz jung und hatte oft in der kleinen verfallenden Kirche gebetet. Er hatte Gott inständig gebeten, ihm zu sagen, was er von ihm erwartete. Jesus, vorn auf dem Kreuz über dem Altar gemalt, hatte ihm geantwortet: Franziskus, baue meine Kirche wieder auf! Er hatte die Stimme deutlich gehört, und es war ganz wörtlich gemeint. Doch war

Jesus in ihm selber? Eher begann damals etwas, wie es von Salomo hieß: Er sprach mit Gott wie mit einem Freund, und Gott sprach mit ihm wie mit einem Freund. Und dann war er sehr glücklich. Er sah ein großes Licht, und es war warm und heiß in ihm. Nicht immer aber fühlte Franz diese Nähe. Mit dem Auftrag Jesu an ihn hatte das Zerwürfnis mit seinem Vater begonnen. Es hatte alles verändert, und es gab kein Zurück.

Im Gespräch ist eine Pause eingetreten. Ein junger Diener bietet Franz und Illuminatus ein Glas Tee an und frische Datteln. In hohem Bogen gießt er den duftenden und süßen Tee in die Gläser.

Die Datteln kommen aus der Oase Siwa, sagt der Sultan. Dort bin ich am liebsten. Eigentlich kommt meine Familie aus Kurdistan. Das Wasser ist frisch, und das Grün der Pflanzen so intensiv wie nirgendwo sonst. Woher kommst Du? Erzähle uns von Deiner Heimat. Warum hast du sie verlassen?

Franz freut sich über diese Frage. Sie ist fast vertraulich, sie bedeutet, dass er schon mehr ist als nur ein Gast. Woher kam er? War Assisi seine Heimat, oder war es die Gemeinschaft der Brüder? Er beginnt von Italien zu sprechen.

Geboren bin ich in Assisi, einer Stadt in Umbrien. Ich war ein Jüngling wie viele andere, mein Vater war ein Kaufmann. Ich wollte gern wie ein Ritter sein, ich lernte zu reiten und zu kämpfen, ich bekam ein schönes Schwert und ein starkes Pferd und zog in den Krieg gegen die Nachbarstadt. Doch Gott war damit nicht einverstanden. Ich wurde verletzt, kam ins Gefängnis, und als ich ein Jahr später wieder in den Krieg zog, fragte mich Gott, ob ich der Diener eines Grafen sein wollte oder der Diener Gottes, des wahren Herren. Ich ritt wieder nach Hause. Als ich zurückkehrte, ohne wieder gekämpft zu haben, wusste ich nicht weiter. Meine Freunde wollten sich nur vergnügen, doch ich fand daran keine Freude mehr. Ich ging viel in den

Wald und auf die Felder. Meine Heimat ist schön, es gibt viele Olivenbäume, Weizen und Wein. Und es gibt klare Bäche und Flüsse. Ich befreundete mich mit einem kleinen Vogel, der mir vorsang und schon auf mich wartete, wenn ich am Nachmittag kam. Damit begann ein langer Weg. So bin ich zuletzt hier her gekommen. Es ist beinahe so, als hätte das Vögelchen mich hergeführt.

Der Sultan lacht, als Franz so über sein Leben spricht. Das ist schön, sagt er, auch ich habe einen Vogel, der mit mir spricht. Er ist groß, hat ein weißes Gefieder, lange rote Beine und einen roten Schnabel. Leider ist immer nur ein halbes Jahr bei mir in der Oase, dann versammelt er sich mit seinen Freunden und fliegt fort. Vielleicht wird es ihm im Sommer zu heiß bei uns.

Du verstehst, was er sagt? fragt Franz. Mein Vogel hat mehr gesungen als gesprochen. Ganz feine lustige Melodien, er kannte keinen Schmerz, er war immer fröhlich. Darin war er mir ein Lehrer. Jesus hat ja auch gesagt: Seid wie die Vögel unter dem Himmel, sie säen nicht und ernten nicht, und unser lieber Vater ernährt sie doch. Und seid fröhlich wie sie. Wir können viel von ihnen lernen. In Damiette drunten am Hafen gibt es die Möwen, sie schreien und streiten sich. Ich habe es ihnen öfter gesagt, sie sollen sich nicht so streiten, doch sie machen es wie die Ritter und Seeleute. Hier in deinem Lager, Herr Sultan, ist es viel ruhiger. Doch ich habe nicht viele Vögel gesehen.

Die Vögel gibt es in den Gärten, sagt der Sultan. Ich vermisse sie auch. Lieber wäre mir, ich müsste nicht hier diesen Krieg führen. Doch Ihr Christen lasst mir keine andere Wahl. Warum seid Ihr überhaupt hergekommen? Es ist ja nicht das erste Mal. Meine Berater und mein Onkel Saladin sagen mir, es ging ursprünglich um die heiligen Stätten in Jerusalem und Bethlehem. Wir haben nichts dagegen, wenn Ihr sie besucht. Doch besitzen könnt ihr sie nicht. Keiner kann die Orte besitzen, wo Allah sich gezeigt hat und wo der Prophet zum Himmel gefahren ist. Du weißt, in jener Nacht, als er Allah von Angesicht sehen durfte.

Franz kennt diese Geschichte nicht. Der Sultan findet offenbar Freude daran, sie zu erzählen. Er erklärt ihm, wie der Prophet Mohammad eines Nachts eingeladen wurde, vom Berg Moria in Jerusalem aus die Propheten und Gott selbst im Himmel zu besuchen. Es war der Höhepunkt der ständigen Begegnungen mit Gott während seines Lebens. Man müsse ja nicht alles glauben, was darüber erzählt wird, auch wenn es im Haddith steht. Zum Beispiel die Sache mit dem Burak, seinem Reittier. Doch wie solle man sich vorstellen, dass einer so direkt in den Himmel fliegen kann, ohne ein Pferd? Die Menschen brauchen Geschichten, und auch der Prophet hat gegen Geschichten nichts einzuwenden, wenn sie sich nicht vor das eigentliche Wunder stellen. So sei auch die Geschichte von den Vögeln zu verstehen. Im Himmel sei der Prophet übrigens auch Issa begegnet, der ihn begrüßte und mit dem er über das Gericht am Ende der Zeiten gesprochen hat.

Die Herren in den Turbanen, die zu Seiten des Sultans sitzen, wiegen bedenklich die Köpfe, als dieser so über die Himmelfahrt des Propheten spricht. Wie haltet Ihr es mit den vielen Geschichten, die man über euren Propheten erzählt? fragt nun der Sultan, wie um das schwierige Thema weiter zu geben.

Jesus hat viele Wunder getan, von denen in der Schrift berichtet wird. Franz versucht es zu erklären: Er war die reine Güte, er konnte gar nicht anders, als Kranke zu heilen, er konnte niemanden leiden sehen. Auch seine Lehre hat vielen Menschen geholfen. Er war ein großer Arzt. Die Menschen haben es von ihm erwartet. Und er hat es gern gemacht, um den Willen seines Vaters zu erfüllen. Und er hat Tote wieder zum Leben erweckt. Als er zu seinem Freund Lazarus kam, war dieser schon vor 3 Tagen gestorben. Jesus hat ihn wieder ins Leben zurück gerufen. Die Angehörigen waren wohl ziemlich erschreckt, obwohl sie ihn darum gebeten hatten. Für Jesus hatten die Grenzen von Leben und Tod keine Bedeutung. Und er sagte, für die welche ihm nachfolgen gilt das auch. Deshalb haben wir auch das ewige Leben. Der Tod ist nicht von Belang.

Aber warum ist dann Jerusalem so wichtig für Euch? Der Sultan nimmt noch einmal die Frage auf, was die Christen in seinem Land eigentlich suchten.

Es sind die Orte, wo Jesus gelebt hat, gepredigt, geheilt, und wo er gestorben ist. Hier ist er auch zuerst von den Jüngern wieder gesehen worden. Diese Erde ist heilig. Und die Menschen brauchen Zeichen und Orte. Die Werke Jesu sind ja so ungeheuer, dass wir Orte brauchen, um sie als Wirklichkeit erleben zu können. Auch ich freue mich darauf, bald nach Jerusalem hinauf gehen zu können. Doch muss Frieden herrschen, damit es möglich wird. Jesus will, dass wir Frieden bringen, wo Streit ist.

Warum dieser viele Streit? fragt der Sultan weiter. Der Prophet war immer wieder empört darüber, dass die Juden und Christen, die doch eine Offenbarung und das Wort Gottes erhalten haben, sich immer fort streiten. Die Juden mit den Christen, und Juden und Christen untereinander. Wie die Möwen im Hafen sitzen sie auf ihren Pfosten und schimpfen und zanken.

Das ist, glaube ich, sagt Franz, und seine Augen beginnen wieder zu leuchten, weil man mit dem Verstand gar nicht begreifen kann, was da geschehen ist. Zum Beispiel, dass da einer, der schon drei Tage tot war wie Lazarus, wieder leben kann. Oder dass einer, der blind geboren ist, wieder sehen kann. Oder dass einer über das Wasser geht, oder den Sturm beschwichtigen kann. Von der Auferstehung will ich gar nicht sprechen, weil du das anders siehst. Doch auch die Reise des Propheten Mohammad zum Himmel, von der du gesprochen hast, wäre so ein Wunder, das man mit dem Denken nicht erreichen kann.

Wenn man es dennoch versucht, kommt man sofort zu verschiedenen Meinungen, und man beginnt sich zu streiten. Gott aber ist jenseits unserer Vorstellung, wie du gesagt hast: hinter dem Vorhang. Da ist ein großer Glanz, den wir gar nicht ertragen könnten. Doch für uns Christen ist der Vorhang aufgegangen, als Jesus am Kreuz gestorben ist: Der Vorhang im Tempel zerriss in zwei Stücke, von oben an bis unten aus.

Streit gibt es unter uns Moslems auch, sagt nun der Sultan, und er sieht kurz zu seinen Beratern. Doch wir sagen immer: Gott weiß es besser als wir! Und da habe ich eine Idee: Dass die Möwen sich so streiten kommt vielleicht daher, dass sie so hoch fliegen können wie kein anderer Vogel. Sie sehen da droben etwas, das sie nicht verstehen. Vielleicht sehen sie den si-murgh! Deshalb streiten sie sich, was sie gesehen haben. Der Sultan lacht.

Ja, sie sind etwas begriffsstutzig, sagt Franz darauf. Doch wer versteht schon das Wunder, und wer kann den Anblick Gottes aushalten? Doch Jesus ist mein Bruder, mit ihm kann ich sprechen, auch über das, was ich nicht begreifen kann.

Da müssten wir jetzt über das Beten sprechen, sagt der Sultan. Wollen wir uns das für morgen aufheben? Ihr seid meine Gäste. Nach dem Gebet wollen wir essen.

Ich habe noch eine Frage, sagt Franz zum Schluss: Wenn dein Vogel in der Oase, der mit dem weißen Gefieder und dem roten Schnabel, mit dir spricht: Was sagt er über Gott?

Der Sultan antwortet: Leider spricht er nicht richtig. Er klappert.

10.

Das Gespräch, das hier wieder hergestellt und aufgezeichnet wird, entwickelt eine eigene Dynamik. So oder so ähnlich kann es gewesen sein. Im Versuch, mittelalterlich zu denken, fügt sich eines zum anderen. Wenn sich die Gedanken und Einfälle frei entwickeln dürfen, mag wohl auch ein Element Mittelalter hineinkommen. Unsere moderne Psyche enthält ja auch ältere und zeitlose Schichten. Wenn eine Geschichte sich frei entfalten kann, gibt es manchmal Überraschungen und unvorhergesehene Entwicklungen. Wir folgen dem Geschehen. Ich weiß nicht, was kommt, doch ich stelle es mir vor.

Nach dem Gebet erheben sich alle und folgen dem Sultan. Er geht hinaus aus dem Zelt und überquert den Platz. Es ist schon Abend, ein dünner Mond steht am tiefblauen Himmel. Es ist windig geworden, die heiße Luft ist unerträglich. Eine seltsame unruhige Stimmung liegt in der Luft. Ein Spalier von Soldaten in Turbanen, mit langen Spießen und krummen Säbeln begrüßt den Sultan und seine Begleiter. Daneben liegen einige zerlumpte Gestalten im Sand und heben ihre Hände zum Sultan auf. Er nickt ihnen zu, und sie fallen dankend vor ihm auf die Knie.

Im großen Zelt wird das Essen angerichtet. Ringsum sind brennende Fackeln in den Sand gesteckt. Franz und Illuminatus sollen auch Platz nehmen. Am Zelteingang erscheinen zwei schwarze Sklaven und verbeugen sich stumm. Der Sultan nickt, und einige Frauen treten herein mit Schalen voller Köstlichkeiten. Die beiden Schwarzen stellen eine große Platte mit duftendem Reis in die Mitte. Dann gehen die Frauen wieder hinaus. Sie sind leicht verschleiert, ihre bloßen Füße tragen klingende Reifen aus Gold. Sie sind sehr schön, und sie werfen den beiden Mönchen schnell und heimlich neugierige Blicke zu. Franz scheint es nicht zu bemerken, doch der Sultan sieht, wie Illuminatus schnell auf die Seite blickt.

Ein Diener gießt allen aus einer Karaffe klares Wasser über die Hände. Es ist ungewohnt für Franz und Illuminatus, dass sie beim Essen bedient werden. Sie dürfen nichts selber nehmen, sondern ein junger schöner Mann reicht ihnen die Köstlichkeiten aus den Schalen. Frauen sind nicht zugegen, doch hinter dem Vorhang sind leise ihre Stimmen zu hören.

Bevor sie etwas essen, sprechen Franz und Illuminatus ein Gebet. Die Araber schauen erstaunt, und der Sultan lässt es sich übersetzen: Unser Herr und Gott, wir danken Dir für diese Gaben. Amen. Dann nickt der Sultan; so ein Gebet kann er gut annehmen.

Das Essen ist außerordentlich fein, besser als was Franz und seine jüngerer Bruder jemals gegessen haben. Im safrangelben Reis und Couscous liegen gebratene Hühnerstückchen, Rosinen, Mandeln und viele Schälchen mit Gemüsen und Soßen. Auf anderen Platten liegen Orangen, Datteln und frische Feigen. Allein der Duft kann einen betäuben und glücklich machen.

Illuminatus hat den ganzen Tag nichts gesagt. Er nimmt nur wenig von dem Reis und dem Gemüse. Der Sultan spricht ihn während des Essens an: Salam, Friede sei mir dir, mein Gast, schmeckt dir unser Essen nicht?

Illuminatus versteht erst gar nicht, dass er gemeint ist. Der Dolmetscher macht eine unwillige Geste zu ihm hin. Dann spricht Illuminatus, und die Anwesenden hören seine klare Sprache zum ersten Mal: Danke, Sultan, für die Gastfreundschaft. Dein Essen ist ausgezeichnet. Ich habe lange nichts so Gutes gegessen, und ich bin es nicht gewöhnt.

Franz sieht zu ihm herüber und sagt: Weißt Du, Sultan, mein Bruder Illuminatus isst immer sehr wenig. Er ist noch so jung und sollte eigentlich mehr essen. Doch er ernährt sich fast wie ein Vögelchen. Er lacht, und Illuminatus lacht auch.

Der Sultan fragt nun: Wie nennst du dich? Illuminatus, was bedeutet das? Der Mönch antwortet: Man nennt mich so, weil man sagen möchte, ich sei erleuchtet. Das ist aber zu gut gemeint. Ich bin nicht erleuchtet. Ich bin ein einfacher Mensch.

Franz sagt darauf: Illuminatus ist mein lieber Bruder. Selig sind die geistlich Armen, denn ihrer ist das Himmelreich. Mein Illuminatus ist fast zu klug, um zur Erleuchtung zu finden. Und er hilft mir immer, zur Bescheidenheit zurück zu kehren, wenn ich einmal zu viel sage. Ich bin der Träumer, und er ist wach. Ich bin ihm dankbar.

Was esst Ihr in Italien? fragt der Sultan.

Franz: In meiner Kindheit habe ich gute Sachen gegessen, alles was du dir denken kannst. Am liebsten hatte ich gebratene Tauben. Meine Mutter hat wunderbar gekocht. Doch viele Menschen können nie diese Erfahrung machen. Es gibt so viel Elend. Am schlimmsten sind die Aussätzigen dran, die draußen vor der Stadt bleiben müssen. Als ich das einmal verstanden habe, konnte ich das Essen zuhause nicht mehr genießen. Das war auch nicht gerecht, denn es ist eine Gottesgabe, wenn man sich an einen reich gedeckten Tisch setzen kann.

Da stimme ich dir zu, sagt der Sultan. Daher haben wir die Regel, dass jeder Gläubige regelmäßig ein Opfer für die Armen geben muss. Das gehört zu den fünf Säulen des Islam. Islam nennen wir unseren Weg. Ein Fünftel dessen, was einer hat, muss er für die Armen geben. Ihr Christen habt so eine Verpflichtung sicher auch.

O ja, Sultan, sagt darauf Franziskus, Jesus hat gesagt, wir sollen den Armen geben, doch es gibt dafür kein Gesetz. Es soll aus dem Glauben geschehen, denn was wir den Armen tun, das haben wir ihm getan, im Guten wie im Bösen.

So seid Ihr darin frei, wie viel ihr geben wollt? Sicher gibt es deshalb bei euch keine Armen, denn jeder gibt, was er kann, sagt der Sultan, und es ist keine Frage darin zu spüren, jedenfalls nicht in der Übersetzung durch den Dolmetscher.

Franz legt das Stückchen Huhn, das er gerade essen wollte, zurück und sagt leise: Es gibt bei uns sehr viel Armut. Jesus hat gesagt: was ihr diesen Geringsten unter euch tut, das habt ihr mir getan. Deshalb will ich, aus Liebe zu ihm, alles geben, um ihnen zu helfen. Jesus hat ein Gleichnis erzählt vom barmherzigen Samariter, der auch einem Juden, einem Fremden geholfen hat, als er unter die Räuber gefallen war. Und gerade weil Jesus so gelitten hat, will ich ihm nachfolgen. Ich will in Armut und Bescheidenheit mein Leben führen, solange ich hier auf der Erde bin.

Und Franz hört auf zu essen und fügt hinzu, und er spricht wie im Fieber: Wir haben die Freiheit, uns für Gott zu entscheiden. Ein Gesetz, wie viel wir für die Armen geben müssen, haben wir nicht. Denn nur so können wir uns wirklich selbst verantwortlich zeigen. Gott möchte nicht, dass wir einem Zwang gehorchen. Er möchte, dass wir selber entscheiden, so wie Jesus sich selber entschieden hat, sein Kreuz auf sich zu nehmen. Er wünscht sich, dass wir das Licht tragen, das er gebracht hat. Er will nicht, dass wir aus Angst an ihn glauben, aus Angst vor der Hölle, und auch nicht, dass wir an ihn glauben, nur weil wir ins Paradies wollen. Er will dass wir aus Liebe an ihn glauben, aus reiner Liebe! Weil er die Armen liebt!

Und er redet sich in Eifer: Weißt Du, Sultan, als ich die Aussätzigen und Obdachlosen sah, so nah an meiner Stadt und meiner Familie, meinen eitlen Freunden, die die Augen zumachten vor dem Elend, da hielt ich es nicht mehr aus! Ich musste zu ihnen hinaus. Ich bekam Ärger mit meinem Vater, natürlich, er schrie mich an, ich schrie zurück. Wo war Gott? Wie konnte er das zulassen? Ich hatte große Zweifel an Gott ... mein Vater verstand mich nicht ... Dann kam ein furchtbarer Tag. Es gab Streit ... ich schrie ihn an. Ich rannte die Treppe hinab und wieder hinauf, weil ich nicht wusste, wohin, wieder in den Streit, oder hinaus ins Nichts ... Dort draußen waren die Aussätzigen, das Elend, da musste ich hin. Ich bin weg gelaufen. Ich rannte in die Kirche, doch die war mir zu prächtig. Dort konnte Gott nicht sein! Ich rannte aus der Stadt hinaus, den Berg hinunter. Die Aussätzigen wunderten sich, aber sie nahmen mich auf.

Franz beruhigt sich. Ich kann nur noch an Gott glauben, weil er weiß, wie das sich anfühlt. In Jesus hat er erlebt, wie es ist Mensch zu sein, wie schlimm es oft ist, verachtet, ausgestoßen, beschmutzt, furchtbar gequält, in Angst, aller Rechte beraubt. Es ist, was die Aussätzigen bei Assisi erleben, und was die Opfer dieser Kriege erleben. Ich könnte nicht mehr an Gott glauben, wenn ich nicht wüsste, dass er das kennt.

Sultan, betroffen: Wenn Gott einen Sohn hätte, hätte er nicht zugelassen dass er so leidet. Deshalb wissen wir, dass er keinen Sohn hat. Die Geschichte auf der Welt ist das Werk der Menschen. Wir allein sind verantwortlich. Wir können wissen, dass Allah der Allverzeihende und Allerbarmer ist. Doch das enthebt uns nicht der Pflicht, auf dem Weg zu sein. Der richtige Weg ist das Gesetz, das uns der Prophet verkündet hat. Im Auftrag Allahs, des Allerbarmers.

Und wir sind schuld! ruft jetzt Franziskus, es ist unsere Schuld, dass es das Elend gibt, die Kriege, die Grausamkeiten, die Lieblosigkeit. O Herr, lass Du mich trachten. O Herr Jesus!

Franz sinkt in sich zusammen. Der Dolmetscher übersetzt die letzten Worte, dann tritt ein Schweigen ein. Die alten Herren in den Turbanen schütteln die Köpfe. Ist es ihnen peinlich? Illuminatus legt Franz die Hand auf die Schulter.

Dann spricht der Sultan: Friede sei mit dir, Friede sei mit euch. Ich danke euch für die interessanten Gespräche. Der Prophet hat gesagt: Geht zu den Völkern und lernt von Ihnen. Nun seid Ihr zu uns gekommen. Ich glaube, ich verstehe euch Christen jetzt etwas besser, auch wenn noch viele Fragen offen sind. Ich freue mich, wenn wir morgen weiter reden können. Habt eine gute Nacht. Salam!

Er nickt, worauf Franz und Illuminatus das Zelt verlassen. Wächter führen sie durch das Lager zu ihrem Zelt. Es ist ganz dunkel geworden, ein feiner Mond steht am Himmel, über den viele Wolken ziehen. Es weht ein frischer Wind, der mit warmen Partien durchmischt und mit feinem Sand gesättigt ist. Man muss die Augen schließen oder wenigstens ein Tuch vor das Gesicht halten. Die Palmen biegen sich im Wind. Dennoch stehen viele Soldaten da mit langen Spießen und krummen Säbeln. Sie haben die Turbane um das Gesicht geschlagen und beobachten die beiden Mönche. Illuminatus, der jüngere, führt Franz an der Hand.

11.

Von einer „Guten Nacht", so stelle ich mir vor, kann nun keine Rede sein. Franz möchte sich gar nicht beruhigen. Illuminatus legt den Arm um ihn und sagt immer wieder: Franz, der Herr liebt dich! Sei nicht so verzweifelt. Du tust doch, was du kannst.

Und Franz erwidert und schluchzt. Das ist es ja gerade, ich tue nicht genug. Ich kann den Sultan nicht überzeugen. Dabei, es ist, als wüsste er alles, was ich sagen kann! Aber er glaubt nicht an Jesus. Das ist schrecklich ... Wie will er das aushalten? Er ist wie mein Vater. Aber er hört zu, er schimpft nicht, er schreit mich nicht an. Noch nie hat jemand so mit mir gesprochen ...

Warum ist er so freundlich? Und er führt Krieg gegen Christus. Ich weiß nicht, diese Welt ist furchtbar, und sie ist so schön, und ich finde nur aus der Not heraus, wenn ich bei Jesus bin. Und Jesus ist in mir. Franziskus ist ziemlich durcheinander.

Illuminatus versucht Franz zu trösten. Er erklärt ihm: Es ist auch schwer, mit einem Menschen zu reden, wenn man seine Sprache nicht spricht. So ein Übersetzer steht immer dazwischen. Deshalb ist es so schwer, von der Wahrheit zu sprechen, weil man nicht gleich sieht und hört, wie der andere sie aufnimmt. Es ist leichter, in der eigenen Sprache zu predigen. Nur der heilige Petrus und die Apostel konnten an Pfingsten so predigen, dass alle sie verstanden, auch die aus anderen Ländern.

Franz beruhigt sich etwas. War es nicht so, dass seine Predigt deshalb so schwierig sein musste, weil der Herr Jesu ja genau darauf verzichtet hatte, Erfolg zu haben? Leichter wäre es, vom Sieg zu predigen als vom Opfer!

Franz erinnert sich an etwas, das er früher dem Bruder Leo gesagt hatte. Es ist fast, als käme er besser zu sich, wenn er sich an seine eigene Predigt erinnert. Er war damals mit Leo im Wald bei Gubbio gewandert. Es war schon dunkel, und sie waren müde. Das nächste Kloster war noch weit. Doch seltsamerweise war Franz nicht müde. Er hatte zu Leo gesagt: Schreib mal auf, nachher. Weißt Du, was das wahre Glück ist? *Wenn wir müde zu einem Kloster kommen, und es ist Nacht und kalt und regnet, und der Bruder an der Pforte erkennt uns nicht und schickt uns in die Nacht hinaus. Und wenn wir wieder kommen, und er nimmt einen Prügel und vertreibt uns und beschimpft uns, dass wir Tagediebe sind, und er wirft uns in den Schnee, dass wir weinen müssen, und wenn wir das alles in Geduld und Fröhlichkeit über uns ergehen lassen, weil es Christus uns geschickt hat, und wie es um seiner Liebe willen erleiden dürfen: dann wisse, dass hier und hierin die vollkommene Freude liegt. Und die Lehre daraus ist: Über alle Gnaden und Gaben des Heiligen*

Geistes geht es, um der Liebe Christi willen Mühen, Unrecht, Schmähungen zu ertragen. Denn aller anderen Gaben Gottes können wir uns nicht rühmen, da sie uns gegeben wurden, weshalb der Apostel sagt: was hast du, das du nicht von Gott hast, und wenn du es von ihm hast, was rühmst du dich dessen, als ob du es von dir hättest? Aber des Kreuzes, der Bedrängnis und des Leidens dürfen wir uns rühmen, denn das ist unser. Deshalb sagt auch der Apostel: ich will mich nicht rühmen, es sei denn des Kreuzes unseres Herrn Jesu Christi. (Fioretti 1,8)

Das ungefähr sagt Franz jetzt zu Illuminatus, und dann segnet er ihn und schickt ihn ins Bett. Geh du schlafen, mein Lieber, ich will noch beten.

Als Illuminatus erwacht, tobt draußen um das Zelt ein Sturm. Die Planen knattern im Wind, und durch den halb geöffneten Eingang weht und prasselt Sand in das Zelt. Mittendrin kniet Franziskus und schaukelt und betet laut, manchmal schreit er fast und ist verzweifelt. Den Sturm scheint er nicht zu bemerken. Illuminatus steht auf und schließt den Eingang. Er setzt sich neben den Bruder und faltet ebenfalls die Hände. Er will Franz nicht stören. Er weiß, dass Franz manchmal die ganze Nacht betet und weint, und dass er danach erschöpft, aber glücklich ist. Vielleicht war er auch im Weinen glücklich, oder es ging ihm gut, wenn es ihm schlecht ging. Doch diesmal ist es ernst. Illuminatus war auch noch nicht oft nachts mit Franz allein gewesen. Er kennt die Kämpfe des Franz noch nicht aus eigener Anschauung.

Nach einer Zeit bemerkt Franz den jungen Mönch neben sich. Ach, da bist Du. Kannst du auch nicht schlafen? So wollen wir gemeinsam wachen, bis der Herr kommt. Oder wenigstens, bis der Tag kommt, mein Gott, ist das ein Wetter. Ein richtiger Sandsturm. Und wir sitzen hier beschützt im Zelt. Sollten wir nicht hinaus gehen in den Sturm, dass der Sand uns in die Augen beißt, und wir weinen müssen und die Tränen aus den Augen fließen? So wie die Tränen unseres Herrn Jesus?

Illuminatus sagt: Wenn wir hinausgehen, werden uns die Wächter erschlagen, und dann kannst du dem Sultan nicht weiter predigen. So bleibe hier. Und er denkt: Der Sandsturm ist so laut, dass hoffentlich niemand das Schreien gehört hat.

Als Franz schweigt, fragt Illuminatus: Du hast gesagt, der Sultan erinnert dich an deinen Vater, oder: Er ist ganz anders als dein Vater? Magst du mir davon erzählen?

Ach, mein Vater, seufzt er, ich habe ihm nie erklären können, warum ich fort gegangen bin. Es ist lange her, doch es ist wie gestern. Er war böse auf mich, er hat mich angeschrien, er hat mich geschlagen, in den Keller gesperrt. Er wollte natürlich, dass ich sein Geschäft weiterführe. Sonntags ist er in die Kirche gegangen, und danach hat er geschimpft. Wir brauchen diese Kirche nicht, sagte er dann beim Essen, und diese fetten Priester. Meine Mutter schwieg dazu und weinte. Ich wusste nicht, was ich glauben sollte, und was ich tun sollte. Ich liebte ja meine Eltern, alle beide! Mein Vater war oft in Frankreich, dort kaufte er Stoffe, um sie teuer weiter zu verkaufen. Ich mochte diese Stoffe, sie waren bunt und kostbar. Ich sollte mich damit schmücken, dann nannte er mich zärtlich „Francesco", mein kleiner Franzose. Ich war sein Liebling, ein dummes und eitles Kind. Und ich liebte ihn, ich wollte ein guter Sohn sein. Verstehst du, gut wollte ich sein! Dann hörte ich in der Kirche die Geschichte vom reichen Jüngling. Ich werde sie nie vergessen:

Einer trat zu ihm und sprach: Guter Meister, was soll ich Gutes tun, dass ich das ewige Leben haben möge? Er aber sprach zu ihm: Was nennst du mich gut? Niemand ist gut als der einige Gott. Willst du aber ins Leben eingehen, so halte die Gebote. Da sprach der Jüngling zu ihm: Welche Gebote? Das waren genau meine Fragen! *Jesus aber sprach: Du sollst nicht töten, du sollst nicht ehebrechen, du sollst nicht stehlen, du sollst nicht falsch Zeugnis geben. Ehre Vater und Mutter, und du sollst Deinen Nächsten lieben wie Dich selbst! Da sprach der Jüngling zu ihm: Das habe ich alles gehalten von meiner Jugend auf; was fehlt mir noch?*

Und jetzt kommt es: *Jesus sprach zu ihm: Willst du vollkommen sein, so gehe hin, verkaufe was du hast, und gib´s den Armen, so wirst du einen Schatz im Himmel haben; und komm und folge mir nach!* (Math. 19, 16-21)

Als ich das mittags meinem Vater wiederholte, wurde er zornig. Du sollst Vater und Mutter ehren, donnerte er. Und bin ich nicht dein Vater? Ich lief hinaus, denn ich wusste nicht weiter. Denn die Geschichte geht ja so: *Da der Jüngling das Wort hörte, ging er betrübt von ihm, denn er hatte viele Güter.*

Und weiter heißt es: *Jesus aber sprach zu seinen Jüngern: Wahrlich, ein Reicher wird schwer ins Himmelreich kommen. Es ist leichter, dass ein Kamel durch ein Nadelöhr gehe, als dass ein Reicher ins Reich Gottes kommt!*

Hast du die Kamele gesehen? Sie sind noch größer als unsere Pferde! Wie sollen sie durch ein Nadelöhr gehen? Dann wollte ich es ihm erklären. Dass Gott unser Vater ist, auch seiner. Doch damit machte ich alles noch schlimmer. Er sagte sogar: Wir brauchen keine Kirchen. Jesus hat alles ins Lot gebracht. Wir brauchen auch keine Priester, die das Neue Testament verdrehen. Denn vom Verkaufen steht nichts in den Zehn Geboten. Und das Kamel bist du, und nicht ich! Dann reiste mein Vater wieder nach Frankreich zu den Katharern. Und ich war erleichtert, als er weg war, und bin oft hinaus gegangen in den Wald. Da gab es eine Höhle, in der ich nachdenken konnte. Dort war auch das Vögelchen. Auf dem Weg kam ich bei den Aussätzigen vorbei. Du weißt, da unterhalb von Assisi am Bach, wo sie ihre Hütten haben. Und dort fühlte ich mich wohl! Sie waren freundlich zu mir, obwohl ich so anders war als sie. Ich war reich und hatte feine Hände, und sie hatten nichts, und ihre Hände waren von der Krankheit zerfressen. Ich gab ihnen Geld, aber sie wollten Brot. Also ging ich in die Stadt und kaufte Brot für sie. Meine Mutter hörte davon. Als ich es ihr erklärte, gab sie mir einen Schinken und Käse dazu. So kam das.

Franz fängt wieder an zu weinen. Manche hatten gar keine Hände mehr, es war Lepra. Wie willst du einem etwas geben, der keine Hände mehr hat? Mein Vater durfte davon nichts wissen, aber es kam heraus. Er schlug meine Mutter. Ich rannte wieder weg, versteckte mich in meiner Höhle. Ich blieb sogar über Nacht. Ich wollte mit Jesus sprechen.

Wann hast du deinen Vater zuletzt gesehen, will Illuminatus wissen.

Das war, als ich ihm meine Kleider zurückgab. Er war zum Bischof gegangen, damit der ihm hilft. Er erwartete mich auf dem Platz vor dem Dom. Ich hatte solche Angst! Doch es war richtig von ihm, dass er es öffentlich machte, was zwischen uns war. Er liebte mich noch immer. Franz atmete tief. Ich hatte gestohlen. Doch Jesus hatte mir gesagt, ich solle seine Kirche wieder aufbauen. Das war in der kleinen Portiuncula, drunten in den Feldern. Der Pfarrer dort war alt und konnte nicht viel machen. Die Kirche war am Einstürzen. Ich verkaufte einen Stoff aus dem Laden und gab ihm das Geld. Damit er Arbeiter bezahlen konnte. Ich musste Jesus gehorchen. Als ich auf dem Domplatz kam, stand da mein Vater, und mit ihm all seine Freunde. Der Bischof war auch da. Da zog ich mich aus und gab meinem Vater die Kleider. Er schlug mich nicht. Er weinte. Ich sagte, ich hätte nur noch den Vater im Himmel. Der Bischof nahm mich in seinen Mantel, er brachte mich in sein Haus. Ich weinte. Irgendwie weine ich noch immer. Dabei habe ich nur versucht, Jesus zu gehorchen. Mein Vater weint auch. Bestimmt, aber ich habe ihn nicht mehr gesehen.

Lebt er noch? fragt Illuminatus? Nein, er ist von einer Reise nach Frankreich nicht zurückgekommen. Sie sagten er ist gestorben. Meine Mutter lebt auch nicht mehr. Sie war ein guter Mensch, Gott segne sie.

Franz schweigt. Illuminatus sagt darauf: Mein Vater war ein einfacher Bauer. Wir waren arm, zu essen gab es oft nur Kastanien und Schnecken. Als ich zu den Brüdern kam, gab es mehr zu essen. Da war ich so glücklich, dass ich eine ganze Nacht lang betete und begeistert war.

Daher nannten sie dich Illuminatus, und zu Recht, meint Franz. Du hast gespürt, wie unser Herr sich um die Seinen kümmert, die ihm nachfolgen. Doch ich bin ein großer Sünder. Ich habe gestohlen, und ich habe gegen das Gebot verstoßen, Vater und Mutter zu ehren.

Aber ich habe mein Mädchen verlassen, sagt Illuminatus. Ich habe sie geliebt.

12.

Nie hat Illuminatus davon gesprochen. Es ist eine lange Geschichte, die er nun erzählt, während draußen der Sandsturm am Zelt rüttelt. Es ist dunkel, die beiden Männer können einander nur spüren, nicht sehen. Vielleicht muss es dunkel sein, um diese Geschichte erzählen zu können.

Martina war ein besonderes Mädchen. Sie war meistens bei den Ziegen. Ihre Familie war ebenso arm wie seine, doch sie hatten die Ziegen. Ziegen sind klug, sie spüren wenn es einem schlecht geht. Martina ging es nicht gut, weil sie oft Hunger hatte, doch sie war fröhlich und passte gut auf die Ziegen auf. Eines Tages kamen Räuber durch den Wald und nahmen eine der Ziegen fort. Als Marti hinter ihnen her lief und schrie, kehrte einer von den Räubern um und tat ihr Gewalt an. Marti getraute sich nicht, in die Kirche zu gehen. Der Pfarrer hatte die Beichte eingeführt und wollte alles wissen. So blieb sie am Sonntag zuhause oder ging mit den Ziegen hinaus. Die Großmutter hatte ihr gesagt, dass Jesus einmal am Sonntag Kranke geheilt hatte und gesagt, ein guter Hirte sucht ein verlorenes Schaf auch am Sonntag. Doch auch der Großmutter konnte Marti nicht von dem Räuber erzählen. Illuminatus hieß damals noch Luca, er kannte sie schon als kleines Mädchen. Er besuchte sie auf der Weide und schnitzte ihr ein Flötchen. Es war alles ganz harmlos. Als er ihr sagte, er wolle sie gern heiraten, erschrak sie. Plötzlich zog ein Schatten über ihr Wesen. Luca hatte von dem Räuber nichts gewusst. Sie weinte. Dann erzählte ihr Luca von Franziskus und den Männern, die wie er ein Leben in Armut leben wollten, obwohl sie es nicht mussten. Sie nannten sich die Fratri minores, die kleinen Brüder Jesu. Marti fand das komisch. Als er ihr sagte, er wolle auch zu Franziskus gehen, hatte sie ihn geküsst. Auf der Wiese hatten sie sich geliebt, und die Ziegen hatten aufgepasst. Sie hatten sich öfter geliebt.

Als Luca später zum Pfarrer ging und ihm sagte, er wolle Martina heiraten, sagte der, er kenne sie nicht. Sie habe die Beichte und die heilige Messe schon lange nicht besucht. Sie werde in der Hölle enden. Luca hatte ihm geantwortet: Dann werde ich eben mit ihr dahin gehen. Der Pfarrer hatte ihn hinaus geworfen. Als er zu Marti zurückkehrte, war sie verschwunden. Ihre Eltern wussten nicht von ihr, die Ziegen hatte sie im Stall gelassen. Luca suchte sie, bis er sie fand. Sie war verändert, lachte und schrie. Sie lebte jetzt im Wald in einer Erdhöhle. Es war, als würde sie ihn nicht erkennen. Er nahm sie mit zu seinen Eltern. Es ging eine Zeit lang gut, er liebte sie noch immer, doch sie kapselte sich ab und lief wieder weg. Eines Tages beschloss Luca, einen besseren Weg zu gehen. Er sagte ihr, er wolle jetzt zu Franziskus gehen. Sie sagte, das habe sie immer gewusst. Sie sei an allem schuld.

Franz fragt, ob Illuminatus sie noch einmal gesehen habe. Der schüttelt den Kopf. Ich weiß nicht, wo sie geblieben ist. Meine Eltern wissen es auch nicht.

Warum bist du zu uns gekommen, fragt Franz. Weil ich wissen wollte, ob das Leben in Armut alles ist, sagt Illuminatus. Und wenn ich schon arm war, so wollte ich doch, dass es einen Sinn hatte arm zu sein. Aber ich liebte Marti. Ich konnte mit ihr alles besprechen. Sie wäre auch gern zu den Brüdern gegangen, doch das ging ja nicht. Von den Schwestern wussten wir damals nichts. Und sie war nicht rein, sie hatte gesündigt.

Franz sagt darauf: Die arme Seele, wenn ihr Gewalt angetan wurde, hat nicht sie gesündigt, sondern der Räuber. Jesus vergibt uns alles, wenn wir an ihn glauben. Sie hat nicht geglaubt.

Illuminatus: Sie war verzweifelt. Sie wollte nicht, dass ich zu den Brüdern gehe.

Wir wollen beten, sagt Franz, dass sie zum Glauben findet. Ich glaube, Herr, hilf meinem Unglauben! Ach, unser Herr hat es gesagt, und es ist das größte Wort. Alle Dinge sind möglich dem, der da glaubt! Du kennst die Geschichte? *Da kam ein Vater zu Jesus und sprach von seinem Sohn. Der Junge hatte einen sprachlosen Geist. Wenn er in ihn fuhr, dann riss er ihn, und er schäumte und knirschte mit den Zähnen und verdorrte. Und Jesus sprach: O du ungläubiges Geschlecht, wie lange soll ich bei euch sein? Wie lange soll ich euch ertragen? Bringt ihn her zu mir! Und als der Junge da war, hatte er wieder einen solchen Anfall, er schäumte und wälzte sich auf der Erde. Und Jesus fragte: Wie lange hat er das schon? Und der Vater sagte: Von Kind auf, und oft hat er ihn ins Feuer geworfen, dass er ihn umbrächte!* Er wollte seinen Sohn töten, so verzweifelt war er! *Und er sagte: kannst du aber etwas, so erbarm dich unser und hilf uns! Und Jesus sprach zu ihm: Alle Dinge sind möglich dem, der da glaubt. Und dann schrie der Vater mit Tränen: ich glaube, Herr, hilf meinem Unglauben! (Mark 9, 17-25)*

Und Jesus heilte den Jungen und trieb den Geist aus. Es schien, der Junge sei tot, doch Jesus hob ihn auf, und er lebte. Er war jetzt ein netter und gesunder Junge. Ich glaube, Herr, hilf meinem Unglauben!

Illuminatus ist so müde, dass er kaum mehr aufrecht sitzen kann. Er legt sich wieder hin und schläft. Als er wieder aufwacht, scheint die Sonne durch den Stoff des Zeltes. Franziskus liegt auf dem Boden und schnarcht.

13.

Unterbrechung. Ein Wort an den Leser, Friede sei mit ihm.

Kann man seiner Erfahrung voraus sein? Mit Bestürzung nehme ich wahr, was mit Franziskus geschehen ist. Das Gespräch mit dem Sultan hat in Richtungen geführt, mit denen ich nicht rechnete. Es entwickelt sich von allein. Längst liegt die arabische Puppe auf dem Sofa.

Und jetzt diese Nacht! Schon der Tag war anstrengend. Keine Hinrichtung (das war zu erwarten), sondern eine allmähliche Annäherung. Der Sultan spricht und handelt aus seinem Wissen und seiner Macht heraus, doch hat er Fragen. Franz kommt auf ein Terrain, auf dem er nicht sicher ist: Er ist kein Theologe, sondern ein Gläubiger. Der Sultan gibt sich noch nicht zu erkennen. Die Gefahr für die beiden Christen ist noch nicht gebannt. Als sich eine Entspannung abzeichnet, stürzt Franz in eine Krise. Er lebt ja immer auf schmalem Grat. Was ist er Gott schuldig? Und was ist er der Welt schuldig? Ein Aussteiger, der in Bischof und Papst Hilfe gefunden hat, und nicht den zeitüblichen Scheiterhaufen. Der sich nun zwischen den Fronten findet, zwischen den christlichen Kreuzrittern und dem fast väterlichen Sultan der Heiden?

Franz spricht naiv, aus dem heraus, was er glaubt, was er weiß und wissen kann. 1219 ist vieles noch nicht entschieden. Wir wissen noch nicht, zum jetzigen Zeitpunkt des Gesprächs, was weiter geschehen wird. Heute vermutlich steht die Prüfung mit den Kreuzen auf dem Teppich an. Der Islam des al Kamil erscheint friedlich, gesättigt nach fünf Jahrhunderten islamischer Herrschaft und islamischen Friedens, doch aufgeschreckt durch die christliche Aggression. Weiß der Sultan nicht, warum die christlichen Heere, die ritterlichen Totschläger aus Europa herüber gekommen sind? Es war eine Spirale der Gewalt und Gegengewalt. Ausgelöst wurde sie durch einen fanatischen Kalifen Hakim, der 1009, vor mehr als zweihundert Jahren, in einem Anfall von Rechtgläubigkeit alle christlichen Kirchen, Klöster, Pilgerherbergen und übrigens auch Synagogen in Jerusalem zerstören ließ. Darunter war die Kirche des Heiligen Grabes, das höchste Heiligtum der Christenheit, und ein ebensolches Weltwunder der Konstantinischen Baukunst wie die Hagia Sophia in Byzanz. Der Kalif war der Stellvertreter Mohammads, seine Tat hatte ein Gewicht, als hätte es der Prophet selbst getan. Es folgte, nach einer Art von Erstarrung, eine Spirale von Gewalt. Die christlichen Pilgerstätten mussten befreit werden, doch wurde daraus ein Kolonialkrieg mit der Errichtung eines christlichen Königreichs von Jerusalem. Im Gegenzug wurden nun die Moslems abgeschlachtet, zehntausende Männer, Frauen und Kinder.

Doch auch der Sultan ist in einem Dilemma. So friedlich ist der Islam ja gar nicht. Und er befindet sich, zum fünften Mal schon (es ist der fünfte Kreuzzug), in einem aufgezwungenen Krieg. Gelten da die Regeln, die der Prophet aufgestellt hat? Was ist die Wegleitung, die *Scharia* (um das heute bei uns so gefürchtete Wort zu benutzen) in einem solchen Fall?

Ich möchte den beiden, dem Franz und dem Sultan, erleichtern, über ihr Dilemma zu sprechen. Ich teile ihre Stimmen auf: Sultan und Emir, Franz und Illuminatus sollen die widersprechenden Argumente vertreten. Der Sultan spricht anders als der Emir, und für Franz habe ich, als inneren Widersprechenden, den jungen Illuminatus. Wenn das mal gut geht!

14.

Es beginnt also der zweite Tag im Lager des Sultans. Ich stelle ihn mir so vor: Die Sonne steht schon eine Handbreit über dem Horizont, als Illuminatus vor das Zelt tritt. Es ist ein ägyptischer Morgenhimmel, seidenblau und klar, und unbarmherzig wird auch heute die Sonne herab brennen auf die verfeindeten Lager und die eingeschlossene Stadt. Der Ruf des Muezzins hat die Menschen geweckt, die nun vor ihren Zelten ihre Teppiche ausgebreitet haben und ihr Gebet verrichten. Auch Illuminatus kniet und spricht ein kurzes Gebet. Beobachtet wird er von einigen Kindern und Frauen, bis diese von Wachsoldaten verscheucht werden. Nach kurzer Zeit bringen zwei verschleierte Frauen den beiden Mönchen Tee. Sie blicken sie nicht an, sondern sehen auf den Boden. Nur beim Hinausgehen sehen sie kurz zu den beiden Männern. Diese waschen sich und ziehen ihre alten Kutten an, die sie gereinigt und ordentlich im Zelt vorfanden. Sie fühlen sich einfach besser so als in den seidenen Kaftanen, die ihnen der Sultan gestern zur Verfügung gestellt hatte. Sie fragen sich nicht, wie der Sultan das finden wird.

Die zwei setzen sich mit ihrem Tee vor das Zelt. Wieder sind zwei Wachen aufgestellt, die mit ihren langen Spießen und Krummsäbeln einen ungemütlichen Eindruck machen. Es sind wilde Burschen mit struppigen Bärten, einer der beiden ist ein Schwarzer. Die Turbane hängen ihnen verwegen auf den Köpfen, in den Schärpen stecken Dolche. Ihre Zähne blitzen weiß im dunklen Gesicht. Etwas weiter weg liegen einige Kamele im Sand. Unablässig bewegen sich ihre Mäuler. Ob sie auch in der

Nacht weiter kauen, im Schlaf? Die Zelte, welche den weiten Platz umstehen, sind dunkel wie die von Beduinen. In den weit geöffneten Eingängen sitzen Menschen in hellen Gewändern, sie frühstücken und sprechen miteinander. Die großen Zelte für die arabischen Stämme, die ägyptischen Familien und Soldaten sind etwas weiter entfernt, ebenso die Zeltstadt des Sultans. Dort stehen Palmen, vermutlich sind dort Gärten der Leute von Damiette. Da sind auch Gatter und Zelte für Pferde. An jedem Zelt ist eine lange Stange aufgerichtet mit einer grünen Fahne. Alles sieht eigentlich friedlich aus. Der Sandsturm der Nacht ist schon vergessen.

Dann kommen einige bewaffnete Männer über den Platz, um die beiden Mönche zu holen. Die beiden Wachen richten sich auf, und auch Franz und Illuminatus erheben sich. Der Dolmetscher ist nicht dabei. Schweigsam verbeugen sich die Männer und fordern die Mönche auf, mit zu kommen.

Der Weg führt sie über den Weg zwischen den Zelten. Wie auf einem Basar sind hier offene Läden unter Zeltdächern. Hier hängen Stoffe, es duftet von Gewürzen, es sind Körbe mit Obst aufgestellt, Teller und Krüge aus Messing blitzen in der Sonne. Und Waffen gibt es zu kaufen: Krumme Dolche, runde Schilde aus Leder und Köcher voll langer und spitzer Pfeile. Da hängt auch Zaumzeug aus feinem Leder, und ein Laden bietet Wohlgerüche an in kleinen Fläschchen. Feine Schleier wehen im Wind, und Männer in dunklen Gewändern schauen aus den Läden hinaus auf die beiden Mönche und ihre Bewacher. Sie wirken eher neugierig als feindselig und sprechen kein Wort.

Vor dem Zelt des Sultans kommen sie auf einen großen Platz. Hier sind zahlreiche Krieger versammelt. Nach dem Morgengebet wird hier der Kriegsplan des Tages ausgegeben. Die Streitpferde und Kamele sind schon aufgezäumt, die schönen Pferde sind unruhig. Die Morgenstunden, bevor die Sonne zu heiß vom Himmel brennt, sind die beste Zeit für einen Angriff. Heute tritt der Emir vor, der Stellvertreter des Sultans. Es ist der Mann im schwarzen Gewand, der gestern den Kopf des Franz gefordert hatte. Er hält die Ansprache an die Krieger. Neben ihn tritt ein junger Mann in einer prächtigen Rüstung.

Im Namen Allahs, des Allerbarmers und Allbarmherzigen! Heute wollen wir einen erneuten Versuch machen, den Belagerungsring der Christen von außen zu durchbrechen. Unsere Brüder und Schwestern in der Stadt leiden unter der Blockade. Es fehlt am Notwendigsten. Sie können auch nicht zum Fischen aufs Meer fahren. Es sind schon Kinder verhungert. Wir wollen den Belagerungsring am Tor Abdullah aufbrechen, von wo die Straße nach Kairo geht. Dazu müssen wir die Christen links und rechts des Tors angreifen und so beschäftigen, dass sie das Tor freigeben. Es muss schnell gehen. Wir haben einhundert Kamele beladen mit Lebensmitteln und Wasser, die dann unter dem Schutz unserer Truppen in die Stadt geführt werden sollen. Dann ziehen wir uns zurück.

Das Kommando wird heute nicht der Sultan übernehmen, sondern hier mein Schwiegersohn Ali. Ihr kennt ihn alle. Er brennt darauf, den Christen Schaden zu zufügen. Der gute Junge! Wir haben uns diesen Krieg nicht ausgesucht, doch wir werden kämpfen bis zum Sieg. Heute geht es darum, der belagerten Stadt zu helfen. *Wer einen Gläubigen rettet, rettet die ganze Welt*. Die Christen sind geschwächt. Wenn unsere Verbündeten aus Jerusalem und Tripolis eintreffen, werden wir die Christen zurück nach Europa treiben. Wir rechnen damit in einem Monat, kurz vor dem Ramadan.

Heute greifen wir an. *Verfolgt die Ungläubigen, wo ihr sie trefft! Das Paradies liegt im Schatten des Schwertes.* Doch besser ist es, Gefangene zu machen. Der Prophet sagt: *Ich bin nicht da, um zwischen Gläubigen und Ungläubigen zu richten. Am Tage des Gerichts werden sie ihre Strafe erhalten, und sie werden keinen finden, der für sie spricht.* Darum geht es heute also nicht. Doch wir wurden angegriffen und sind im Krieg. *Wenn ihr den Ungläubigen begegnet: Ein Schlag auf den Nacken, bis ihr sie nieder gemacht habt, und dann zieht die Fesseln an. Dann Gnade oder Loskauf, bis der Krieg seine Last abgelegt hat (Sure 47, 4).* So sagt der Prophet. *Wollte es Gott, er könnte sich selber ihrer erwehren; er tut dies, um euch zu prüfen, den einen durch den andern. Und die auf dem Pfad Gottes gestorben sind: ihre Werke wird er nicht untergehen lassen. Er leitet sie und bessert ihren Sinn, und dann führt er sie in das Paradies, das er ihnen versprochen hat (Sure 47, 5).* Der Engel Gabriel hat auch zum Propheten gesagt: *Wir werden euch prüfen, bis wir die Kämpfer unter euch kennen und die Nachgiebigen (S. 47, 33). Seid nicht weichlich und ruft nicht nach Frieden, da ihr die Oberhand habt und Gott ist mit euch! Nie wird er euch um eure Taten betrügen. Das Leben hier ist nur ein Spiel und Getändel. Wenn ihr aber gläubig seid und gottesfürchtig, wird Gott euch seinen Lohn geben. (S. 47, 37)*

Der Emir verneigt sich, *Allahu Akbar*. Sein Schwiegersohn mit der schönen Rüstung schwingt sich auf sein Pferd und ruft etwas. Er reitet über den Platz, die Krieger steigen ebenso auf und folgen ihm. Sie haben Pfeil und Bogen, Lanzen und runde Schilder. Ihre Pferde sind klein, sie tänzeln und scheinen sich auf das Abenteuer zu freuen. Die Krieger sind leise, um die Christen zu überraschen.

Der Dolmetscher von gestern erklärt den beiden Mönchen kurz, was der Emir gesagt hat. Doch schon tritt der Sultan aus dem Zelt. Er ist in ein weißes Gewand gehüllt, mit einer Kapuze über dem Kopf. Beinahe wie ein Franziskaner in Weiß.

15.

Guten Morgen, meine Gäste aus dem fernen Land der Christen, Franziskus und Illuminatus, der Kleine Franzose und der Erleuchtete. Friede sei mit Euch! Ich möchte unser Gespräch von gestern fortsetzen. Franziskus, du bist ein Christ und scheinst von deinem Glauben überzeugt zu sein. Der Prophet, der Herr gebe ihm Frieden, hat festgehalten: In Fragen des Glaubens gibt es keinen Zwang. *Keiner Seele ist es gegeben gläubig zu sein, wenn nicht mit dem Willen Gottes. Und die Strafe wird er setzen über diejenigen, die nicht begreifen* (Sure 10, 100). Ich sage: Strafe über die, welche DAS nicht begreifen, dass die Strafe bei Gott liegt, dem Allerbamer und Allbarmherzigen.

Die beiden Mönche sind überrascht, wie förmlich der Sultan heute das Gespräch beginnt. Es wird wohl wieder eine Audienz oder eine Prüfung. Franz macht sich auf einiges gefasst.

Der Sultan fährt fort: Nicht alle bei uns sehen es so, dass der Glaube eine Art Privatsache ist, über die Gott allein entscheidet. Der Herr Emir, der dich gestern hat reden hören, verlangt sogar, dich und deinen Mitbruder um einen Kopf kürzer zu machen, weil ihr Krieg gegen uns führt. Bevor wir in dieser Sache eine Entscheidung treffen, so oder so, möchte ich von euch wissen, wie ernst es euch mit eurem Glauben wirklich ist. Ihr wisst, dass eure Glaubensbrüder nun zum fünften Mal einen Krieg gegen uns angezettelt haben. Ihr seid über das Meer gekommen und belagert eine Stadt, die mir gehört. Als Moslem weiß ich, dass ich diese Stadt Damiette und das ganze Land Ägypten von Allah erhalten habe, um seinen Willen umzusetzen. Ich bin der Sultan. Meine Arbeit ist Gottesdienst. Der Prophet, Ehre sei ihm, hat festgehalten: *Wehe denen, die ihren Glauben nicht ernst meinen. Sie sollen ihre Strafe haben.* Was sagst du dazu, Mann aus Europa, der, wie ich sehe, heute wieder seine braune Kutte anhat. Auch dein schweigsamer erleuchteter Bruder möge etwas dazu sagen. Wie ernst ist es euch mit eurem Glauben?

Das war eine seltsam direkte Frage. Der Sultan warf dem Emir einen kurzen Blick zu, bevor er seine Frage wiederholt. Nun, Illuminatus, wie ernst ist es dir mit deinem Glauben?

Illuminatus: Mein Glaube ist alles, was ich habe. Ich bin arm, meine Eltern sind einfache Leute. Ich habe die Reichen immer beneidet. Dann habe ich gelernt, dass auch Jesus arm war und gesagt hat, wir sollen ihm nachfolgen. Das hat mich befreit. Und die Gemeinschaft der Brüder ist zu meiner Familie geworden. Dafür gebe ich alles, denn ich habe nichts zu verlieren als meine Seele. Und Franziskus ist wie ein Vater zu mir. Er ist ein Heiliger, ich lerne von ihm jeden Tag.

Das war nun nicht ganz eine richtige Antwort auf die Frage des Sultans. Dieser fragt nach: Junger Mann, ihr seid hier mitten im Krieg ins Lager der Feinde gekommen. Ist dir dein Leben gleichgültig? Oder wollt ihr zum Islam übertreten?

Es scheint, dass der Sultan und sein Emir einen Plan haben. Sie haben sich abgesprochen, und der Sultan spielt eine Rolle, hinter der er sich versteckt. Vielleicht deshalb ist er so förmlich.

Er fährt fort: Ich habe euch als ernsthafte Menschen erlebt, die an Gott glauben. Wenn ihr unsere Glaubensbrüder werden wollt, müsst ihr nur sprechen: Allah ist größer als alles, und Mohammad ist sein Prophet. Ihr wisst: Gott hat viele Namen, und auch Jesus war ein Gesandter so wie Mohammad. Der Schritt ist also klein. Doch sollt ihr dann nicht mehr sagen: Jesus war der Sohn Gottes. Das hat er ja selbst nicht so gesagt. Und die Sache mit dem Kreuz müsst ihr vergessen.

Das Kreuz kann ich nicht vergessen, sagt darauf Illuminatus. Denn es ist das Zeichen der Versöhnung. Jesus ist unser Bruder.

Ihr braucht keine Versöhnung, sagt der Sultan, anscheinend unzufrieden mit der Antwort. Allah ist der Allerbarmer und Allbarmherzige, auch ohne das Kreuz. – Er wendet sich an Franz.

Franziskus: Jesus hat zu mir gesprochen: Baue meine Kirche wieder auf! Ich habe ihn gefragt, was ich tun soll mit meinem

Leben, und er hat geantwortet. Er hat vom Kreuz her zu mir gesprochen. Er hat es wörtlich gemeint, die Kirche ist das Haus Gottes auf der Erde. Doch ich glaube, es geht vor allem um Gottes Haus in uns. Und da heißt es: Liebe deinen Nächsten wie dich selbst. Und gib hin was du hast, und folge mir nach. Das versuche ich, und es ist mein Leben. Es ist ernst, weil Jesus oft allein ist und ich versuche, ihm zu helfen. Doch ich bin fröhlich, weil ich auf dem richtigen Weg bin. Ich bin ein Sünder, doch Jesus ist auf meiner Seite.

Sultan: Ich verstehe nicht, was ihr mit dem Kreuz meint. Warum ist es euch so wichtig? Dass die Menschen einander töten und grausam umbringen, ist ja schlimm genug. Doch dass euer Gott an einem Kreuz gestorben sein soll, kann ich nicht nachvollziehen. Gott, der Allmächtige, gibt sich doch nicht in die Hände der Menschen, damit sie mit ihm machen können, was sie wollen! Was für eine absurde Vorstellung! Wir wollen ins Zelt gehen, es wird schon heiß.

16.

Im großen Audienzzelt. Vorn nehmen der Sultan, der Emir, die anderen Herrn in ehrwürdigen Turbanen Platz. Der Scharfrichter mit dem Schwert und dem Blutleder steht am Eingang. Viele Krieger stehen an den Seiten. Franz und Illuminatus, barfuß, werden ins hintere des Zeltes geführt. In der Mitte liegt ein Teppich.

Sultan: Ihr Mönche, wir haben beschlossen, euch einer Prüfung zu unterziehen. Der Emir hat diesen Teppich herbringen lassen, den er einmal von einem Christen geschenkt bekommen hat. Es war der koptische Bischof von Alexandria. Wie ihr seht, sind Kreuze im Muster des Teppichs eingewebt. Ich fordere euch auf, über diesen Teppich zu gehen und vor mich hin zu treten.

Emir: Ihr sagt, das Kreuz sei das Zeichen eures Glaubens. Die feindlichen Ritter, die drunten unsere Stadt belagern, tragen das Kreuz an ihren Rüstungen und auf ihren Fahnen. Wir wollen sehen, wie ihr es damit haltet. Für den Islam ist das Zeichen des Kreuzes eine Gotteslästerung. *Die Strafe für die Ungläubigen, die Heuchler und Heuchlerinnen, die Götzendiener und die Götzendienerinnen. Über sie des Unglücks Wandel, Gott zürnt über sie und verflucht sie und bereitet ihnen die Hölle, und böse die Einkehr!* (Sure 48, 6)

Als der Emir schweigt, entsteht eine atemlose Stille. Nicht einmal das Zeltdach flattert.

Franz denkt nach. Es ist eine Fangfrage. Wenn er über den Teppich geht, tritt er auch auf die Kreuze. Dann wird es heißen: Er verrät seinen Glauben, ist ein Heuchler. Wenn er den Teppich nicht betritt, widersetzt er sich dem Sultan, und er bekennt sich zu den Kreuzrittern. In beiden Fällen hat er sein Leben verwirkt. Und das seines geliebten Illuminatus dazu.

Was also macht Franz? Er sieht, wie der Sultan den Atem anhält.

?

Franz geht einen Schritt vorwärts, und er geht über den Teppich mit den Kreuzen, als wäre es nichts. Illuminatus kommt mit.

Alles steht erstarrt. Der Scharfrichter blickt zum Sultan. Soll das Urteil im Zelt vollstreckt werden oder draußen auf dem Richtplatz? Vermutlich eher draußen, denn der Sultan mag kein Blut sehen. Der Emir wird gern ein Exempel statuieren, draußen vor aller Augen.

Da sagt der Sultan zu Franz: Erkläre! Es klingt beinahe besorgt.

Franz: Diese Kreuze sind nicht das wahre Kreuz. Das wahre Kreuz haben wir, es ist das Zeichen unseres Glaubens. Dieses hier sind andere Kreuze. Vielleicht, oder vermutlich, sind es die Kreuze der beiden Verbrecher, die zusammen mit Jesus gekreuzigt wurden. Ich konnte also darauf treten, ohne Gott zu beleidigen.

Als der Dolmetscher das laut übersetzt hat, geht ein Raunen durch die Menge. Der Sultan lächelt, der Emir nickt dem Sultan zu, doch man sieht, dass er es nicht gern tut. Der Scharfrichter wird hinaus geschickt, die meisten Krieger folgen ihm. Wartet, ruft der Sultan: Diese beiden Männer sind meine Gäste. Ihnen soll kein Leid geschehen, solange sie bei uns sind. Sie sind Männer Gottes. Gebe Gott, dass es mehr solche Männer gäbe in diesem Land. Sie sind mutig und aufrichtig. Allah, der Allerbarmer und Allbarmherzige, wird ihnen ihren Lohn zuteilen.

17.

Große Entspannung. Der Sultan nimmt Franz mit hinaus zu seinen Pferden. Illuminatus soll beim Emir bleiben, der einen weiteren Übersetzer hat.

Die schlanken Araber sind die ganze Liebe und der Stolz des Sultans. Sie kommen ans Gatter, als sie den Sultan kommen sehen. Sein Liebstes ist eine Schimmelstute, ein nervöses Tier mit großen Augen und rosigen Nüstern. Sie tänzelt heran und lässt sich vom Sultan kraulen. Sie heißt Ada, Tochter des Windes. Ihr Stammbaum geht zurück bis zu den Pharaonen. Man sagt, dass ihre Ahnen in der Herde der Kleopatra waren. Doch sie hat auch arabisches Blut, daher ist sie so schnell und ausdauernd. Ihre Fesseln sind schlank, ihr Blick ist stolz und feurig.

Unsere Pferde, sagt Franz, ich meine die Pferde der Ritter, sind gerade das Gegenteil. Sie sind groß und schwer, denn sie müssen den Ritter tragen und seine schwere Rüstung. Doch sie sind von ruhigem Gemüt, und kein Lärm kann sie erschüttern.

Reitest du gern, fragt der Sultan? Jetzt im Krieg reite ich meistens ein anderes Pferd, jenen arabischen Rappen dahinten. Er ist schnell im Angriff und kann auf der Stelle wenden, wenn es nötig ist. Er trägt dann einen Panzer aus Leder.

Ich hatte früher auch ein Pferd, sagt Franz. Ich war noch ein Jüngling, und ich wollte ein Ritter werden. Mein Vater kaufte mir eine schöne Rüstung. Mein Pferd war schon etwas älter, aber gutmütig und nicht schreckhaft. Es war sehr groß, viel zu groß für mich. Ich kam alleine gar nicht hinauf. Ich weiß nicht, was aus ihr geworden ist, denn schon in der ersten Schlacht gegen die Nachbarstadt Perugia wurde ich verletzt, stürzte herab und wurde gefangen genommen. Ich war dann ein Jahr in Gefangenschaft. Beim zweiten Versuch, ein Ritter zu werden, kehrte ich um, als Gott im Traum zu mir sprach: Willst du irgendeinem Fürsten dienen, oder dem wahren Herrn der Welt? Ich schenkte alles einem armen Ritter und ging zu Fuß nach Hause. Mein Vater war schwer enttäuscht. Doch eigentlich sollte ich ja ein Kaufmann werden wie er.

Der Prophet liebte seine Pferde, sagt nun der Sultan, doch noch mehr seine liebste Kamelstute. Er war Araber, doch ich bin Kurde; jetzt bin ich Ägypter. Die Pharaonen haben die Pferde auch vor ihre Streitwagen gespannt, doch wir machen das nicht mehr. Unsere Pferde wollen frei sein, sie wollen keine Wagen ziehen.

Du bist ein Krieger, fragt Franz?

Ich bin Sultan wie mein Onkel Saladin. Ich habe die Verantwortung in Ägypten und den Ländern vom Marokko bis Syrien. Da muss ich auch Krieg führen. Doch ich wäre glücklicher, wenn es nicht nötig wäre. Daher habe ich deinen Landsleuten ja auch den Vorschlag gemacht, dass sie freien Zugang zu den heiligen Stätten haben können, wenn sie mit dem Krieg und dem Gemetzel aufhören. Doch der Kardinal war damit nicht einverstanden.

Pelagius hat keine freie Hand, so etwas zu entscheiden, sagt Franz darauf. Er tut, was die Fürsten von ihm erwarten. Allerdings, auch der Papst in Rom fordert den Kampf.

Was ist dieser Papst für ein Mensch, fragt der Sultan.

Honorius? sagt Franz. Er ist schon alt. Seinen Vorgänger Innozenz III. kannte ich gut. Seinen Namen Innozenz, unbefleckt, unschuldig, hat er wegen der unbefleckten Empfängnis der Maria gewählt. Doch er handelte politisch mit großer Härte. Er wollte auch die Kirche unbefleckt machen, deshalb verfolgte er alle, die das Evangelium anders auslegen. Der Papst versucht, die Kirche zu retten. Er ist sehr klug.

Ist die römische Kirche denn so gefährdet, will der Sultan wissen, während er dem Pferd ein Stückchen trockenes Brot gibt. Franz erklärt ihm: Innozenz glaubte es, und mit ihm Bernhard, Dominikus und viele andere. Es gibt viele ketzerische Bewegungen, die sagen, man braucht die Kirche nicht. Im Süden Frankreichs verfallen schon die Kirchen auf dem Land, auch in Italien. Früher haben die Leute immer für die Kapellen gesorgt und die Priester geehrt, doch heute schimpfen sie auf die Kirche. Mein Vater gehörte zu ihnen. Er hat in Frankreich viel von den Abtrünnigen übernommen. Sie nennen sich die Reinen, die Katharer. Jetzt führt die Kirche Krieg gegen sie, zusammen mit dem König von Frankreich.

Ihr Christen streitet euch immerfort, sagt jetzt der Sultan. Da kann etwas mit eurer Religion nicht stimmen. Ich habe gehört, dass der Krieg gegen eure Katharer oder Albigenser in Frankreich schon hunderttausende Tote gekostet hat. Wie verträgt sich das denn mit dem Evangelium?

Franz wird traurig und streichelt die Mähne des schönen Pferdes. Es ist so schrecklich in Frankreich, dass ich lieber hierhergekommen bin, um etwas für den Frieden zu tun. Ich will dir etwas sagen: Ich hatte Angst, dass es mir genauso ergehen kann wie den Katharern und all den anderen, die die Kirche zu Ketzern erklärt. Ich habe gesehen, wie mein Vater im Zwiespalt war. Er war gegen den Reichtum der Kirche, und er sah, wie ich mich gefährdete. Ich hätte auf den Scheiterhaufen kommen können wie so viele andere. Schwierig wurde es, als immer mehr Männer und auch Frauen den gleichen Weg gehen wollten wie ich, in Armut und mit Arbeiten für das tägliche Brot. Ich musste sie retten, ich hatte keine andere Wahl. Also zogen wir nach Rom zum Papst. Wir baten ihn um die Erlaubnis, so zu leben. Und ein Wunder geschah: Er erlaubte es uns!

Ich vermute, dass dein Papst dabei auch politisch gedacht hat, sagt nun der Sultan und führte Franz am Arm in den Schatten. Denn diese Bewegung der armen Leute kann man ja nicht nur mit Gewalt bekämpfen, man muss auch versuchen, sie wieder zu gewinnen. Und Issa hat ja wohl auch wirklich gesagt, dass Armut besser ist als Reichtum. Hat er nicht gesagt: Mein Reich ist nicht von dieser Welt?

Genau, sagt Franz. Ich wäre glücklich, wenn ich nur ihm leben könnte. Doch er hat auch gesagt: Gehet hin und lehret alle Völker und tauft sie. Und er hat auch gesagt, beim letzten Abendmahl, dass wir immer, wenn wir Brot essen und Wein trinken, an seinen Tod denken sollen. Dann wird das Brot sein Leib, und der Wein sein Blut. Es ist ein großes Wunder. Der Herr Papst hat jetzt noch einmal bestätigt, dass es so ist. Und die Kirche und ihre Priester sind dazu ernannt, dass sie es uns geben.

Auch wenn sie schmutzige Hände haben, fragt der Sultan? Das ist überhaupt eine seltsame Vorstellung, entschuldige. Blut und Wein? Wir sollen überhaupt keinen Wein trinken. Und dass Allahs Reich nicht von dieser Welt ist, das sehen wir auch so. Ali, der Ehemann von Fatimah, der Tochter des Propheten Mohammad, sagte sogar: Diese Welt ist ein Kadaver; wer einen Teil von ihr haben möchte, sollte sich an die Gesellschaft von Hunden gewöhnen. Im Koran steht: *Das Leben dieser Welt ist nur Spiel und Spott, doch wenn ihr glaubt und Gott fürchtet, so gibt er euch euren Lohn.* (Sure 47, 36).

Doch ich will dir etwas sagen, fährt er fort. Ich war so erleichtert, als du über den Teppich gegangen bist und gesagt hast, das seien nicht die richtigen Kreuze. Der Emir hat sich diese Prüfung ausgedacht, bei der ihr eigentlich keine Chance hattet. Er wollte ein Exempel statuieren. Er sagt immer: Wenn Krieg ist, muss man den Krieg gewinnen wollen. Ich sehe das anders: Allah will keinen Krieg. Und ich habe große Sehnsucht, so mit Allah eins zu werden, wie die Vögel mit dem Simurgh. Ich glaube, in Wahrheit sind wir beiden, du und ich, gar nicht so weit voneinander entfernt.

Ich würde, sagt jetzt Franz, für den Glauben sogar durchs Feuer gehen. Das wäre doch eine Idee. Ich gehe durchs Feuer, und einer deiner Leute auch, und wem die Flammen nichts tun, dessen Glaube ist der richtige.

Der Sultan darauf: Das ist doch nicht dein Ernst. Und so etwas machen wir hier nicht. Das ist Aberglaube, und es hieße Gott versuchen. Doch Allah ist unteilbar.

So stehen beide jetzt im Schatten des Zeltes, der Sultan in der weißen und Franz in der braunen Kluft aus Wolle.

18.

In der Zwischenzeit sprechen der Emir und Illuminatus miteinander. Sie sind im Zelt geblieben. Der Emir fragt: Junger Mann, hattest du eigentlich keine Angst, als du zu uns herüber gekommen bist?

Illuminatus: Doch, ich hatte Angst. Aber unsere christlichen Brüder drüben sind auch nicht sehr freundlich zu uns. Sie hören sich zwar die Predigt des Franziskus an, doch halten sie nichts von Armut und Liebe zum Nächsten. Oft genug habe ich Franz vor ihnen schützen müssen, und auch der Kardinal tut wenig für uns. Zum Glück wird Franz vom Papst geschützt.

Emir: Hast du daran gedacht, dass du dein Leben verlieren kannst, als du zu uns gekommen bist, mitten im Krieg? Oder hast du es darauf angelegt?

Illuminatus: Ich hatte Angst und musste damit rechnen. Doch ich habe den Tod nicht gesucht. Ich wollte Franz helfen, zu euch zu predigen. Auch Jesus hat den Tod nicht gesucht, doch er hat damit rechnen müssen. Und er wusste, dass er nicht tiefer fallen konnte als in die Hand seines Vaters.

Der Emir wechselt das Thema: *Gnade oder Loskauf* (Sure 47. 4/5). Würde der Papst ein Lösegeld für euch zahlen?

Illuminatus erschrickt. Nach einem Moment sagt er: Herr Emir, vorhin wolltet ihr unsere Köpfe, und jetzt fragt ihr, ob für uns ein Lösegeld zu bekommen ist. Wir sind in eurer Hand. Deshalb kann ich ganz offen mit euch reden, denn mein Leben steht im Namen des Herrn, der Himmel und Erde gemacht hat. Ich glaube nicht, dass es ein Lösegeld für uns geben würde. Denn der Herr Papst ehrt zwar unseren Franziskus, und er beschützt die Brüder und den Orden. Er weiß, wie sehr Franziskus überall geliebt wird. Wenn Franz umkommt, umkommt durch die Hand von euch Heiden, wird ein Aufschrei durch die Christenheit gehen, und viele weitere werden sich dem Kreuzzug anschließen.

Emir: Du sprichst klug, mein Sohn, und wie ein Politiker. Bist du nicht das Kind einfacher Leute?

Illuminatus: Ich weiß nicht, wie klug oder töricht ich bin. Ich habe nie eine Schule besucht. Doch ich weiß, wie stark die Kraft der Liebe ist. Und Franziskus wird geliebt. Überall in Italien reden und singen die Menschen von ihm, dem kleinen Bruder unseres Herrn.

Emir: Wenn der Papst deinen Franziskus auch liebt, wird er ihn freikaufen.

Illuminatus: Auch wenn er es versucht – es ist nicht gesagt, dass sich Franziskus auch freikaufen lässt. Er will in allem den Weg Jesu gehen, und Jesus hat sich auch nicht befreien lassen, in der Nacht in Gethsemane, als er festgenommen wurde. Er sagte: *Wie würde aber die Schrift erfüllt? Es muss also gehen* (Math. 26, 54).

Emir: Unter uns gesagt, ich glaube auch nicht, dass der Sultan Franziskus und dich als Geiseln nehmen würde. Ihr seid in eurem Glauben und Denken viel zu ähnlich. Der Sultan ist nämlich ein gebildeter und leidenschaftlicher Glaubender. Seine Lehrer sind Sufi, so wie jener Attar, den er gestern zitiert hat, oder Halladsch, al-Ghazzali oder ibn-Arabi aus Andalusien, der ihn neulich hier besucht hat. Er möchte inständig, dass sein Herz zum Aufenthalt Allahs wird, so sagt er. Alles was besteht, möchte er aufgehoben sehen in Allah. *Alle ihr auf der Erde seid vergänglich, aber es bleibt das Angesicht deines Herrn voll Majestät und Ehre* (Sure 55, 26). Deshalb liebt er die Geschichte der Vögel so sehr, die sich in Allah sozusagen selbst auflösen. Ob man mit einer solchen Haltung allerdings einen Krieg gewinnen kann, möchte ich in Frage stellen. Das wird dein Herr Papst wohl auch so sehen.

Illuminatus: Aber warum gibt es denn überhaupt Kriege? Jesus will keinen Krieg. Nach dem, was Ihr von Allah sagt, will er auch keinen Krieg.

Emir: Diesen Krieg habt ihr begonnen, nicht wir. Und deine Leute lassen sich auf keinen Kompromiss ein. Sie wollen keinen Frieden. Und im Krieg gelten andere Regeln. Einen Krieg muss man gewinnen. Als beim ersten sogenannten Kreuzzug ihr Christen Jerusalem erobert habt, die Heilige Stadt, habt ihr so viele Männer, Frauen und Kinder umgebracht, dass eure Pferde im Blut gewatet sind. So etwas machen wir nicht, aber ihr zwingt uns dazu, euch ähnlich zu werden.

Illuminatus: Deshalb sind wir hier! Lassen Sie uns für den Frieden kämpfen.

Emir: Mein Schwiegersohn ist gerade dabei, der belagerten Stadt zu helfen. Ich habe noch keine guten Nachrichten, doch der Angriff müsste schon vorbei sein. Ich hoffe immer, dass er gesund zurückkommt. Obwohl er, wenn ihm etwas zustößt, sogleich ins Paradies kommen würde.

Illuminatus: Betet ihr nicht für eure Verwandten und die, die ihr liebt?

Emir: Wir beten, um Allah zu ehren. Wir sprechen die Suren des Korans, wir singen sie, wir denken über sie nach. Aber wir bitten Allah nicht um etwas. Allah ist so unermesslich weit über uns, hinter einem Vorhang, dass wir mit ihm eigentlich gar nicht sprechen können.

Oh, sagt darauf Illuminatus, das tut mir leid. Jesus hat gesagt, wir dürfen um alles bitten. Weil das gar nicht so einfach ist, denn Gott hat ja viel zu tun, hat Jesus uns auch gesagt, wie wir beten sollen: Vater unser im Himmel, geheiligt werde dein Name.

Emir: Allah ist nicht unser Vater. Er hat uns geschaffen, aber er ist nicht ein Vater.

Illuminatus: Vielleicht ist das der entscheidende Unterschied in unserem Glauben.

Emir: Es ist nicht einfach, ein Vater zu sein. Ich kann mir nicht denken, dass Allah solche Probleme hat wie ein Vater. Und es steht ja auch geschrieben, dass er keinen Sohn hat. Wer das behauptet, lästert Gott. Du erinnerst dich an gestern?

Illuminatus: Ja. Doch ich will Gott ja gar nicht lästern, im Gegenteil. Wenn wir sagen, dass Jesus nicht nur der Menschensohn ist, sondern auch der Sohn Gottes, dann sagen wir, dass Gott uns das größte Geschenk gemacht hat, das man sich überhaupt denken kann! Er hat sich auf unsere Ebene hinunter begeben, er macht sich Sorgen um uns. Und er glaubt an uns.

Emir: Das verstehe ich nicht. Wieso soll es ein Geschenk an uns sein, wenn Gott einen Sohn hat, der als ein Mensch geboren wird?

Illuminatus: Das ist, weil er uns damit ganz nahe kommt, näher geht es gar nicht. Der nächste Schritt wäre, dass Gott auch in uns ist. Und dann könnten wir mit ihm eins werden, so wie der Sultan es sich wünscht.

Doch warum, so der Emir, sollte Gott das wollen? Hat er mit uns Menschen etwas vor?

Es tritt eine Pause im Gespräch ein, in der beide ihren Gedanken nachhängen. Als der Sultan und Franziskus, mit ihrem Dolmetscher, das Zelt wieder betreten, ruft gerade der Muezzin zum Mittagsgebet. Alle waschen die Hände, knien nieder und verbeugen sich. Der Sultan betet laut. Übersetzt wird leider nicht, was er sagt.

19.

Die vier setzen sich zum Essen. Der Emir ist unruhig, weil er keine Nachrichten von seinem Schwiegersohn hat. Die Krieger müssten längst zurück sein. Dann kommt ein staubbedeckter Kämpfer, wirft sich auf den Boden und berichtet atemlos, dass Ali und mit ihm zahlreiche Krieger in der Stadt Damiette eingeschlossen sind. Sie haben, wie geplant, den Belagerungsring durchbrochen, sie haben die Kamele in die Stadt geführt, doch dann haben die Christen den Ring wieder geschlossen. Immerhin hat die Stadt jetzt einige tüchtige Verteidiger mehr in ihren Mauern.

Das Essen also unter den vier Männern. Es könnte schön sein, nach den vorausgegangenen Verständigungen. Doch der Emir ist bedrückt, und seine Stimmung teilt sich allen mit. Er sagt:

Allah hat Ali beschützt, der Allerbarmer und Allbarmherzige. Jetzt ist er in der Stadt. Er ist auch nicht verletzt, wie ich höre. Allah sei Dank. Er ist ein guter Junge und sehr mutig. Um nicht zu sagen leichtsinnig. Er hat geschworen, die Ungläubigen zu vertreiben. Wenn er getötet wird, wird Allah ihn sogleich ins Paradies aufnehmen. Doch es ist eine schlimme Vorstellung. Ich habe ihn lieb wie meinen eigenen Sohn.

Wie viele Töchter hast du, fragt Illuminatus.

Zwei, einen Sohn habe ich leider nicht. Doch von den Mädchen ist eine schöner als die andere. Fatimah hat die Augen einer Gazelle und die Gestalt einer Zypresse. Sie wird sich jetzt Sorgen machen um ihren Mann. Bilqis ist noch unverheiratet, sie ist die jüngere. Ihre Haut ist dunkel wie die ihrer Namensgeberin. Doch sie ist ebenso schön, und ihr Lächeln ist wie ein Segen. Nun tröstet sie ihre Schwester. Sie haben übrigens dieses Essen vorbereitet. Es ist gut, wenn Frauen etwas zu tun haben, das sie mit Liebe machen.

Wie kommt es, dass sie nicht hier bei uns sind? Illuminatus setzt hinzu: Ist es, weil wir Ungläubige sind? Ich könnte das verstehen, obwohl ich sie gern kennenlernen würde. Doch wenn die Kreuzritter deinem Schwiegersohn etwas angetan hätten, würdest du vermutlich nicht so friedlich mit uns essen.

Das stimmt, und stimmt auch wieder nicht. Natürlich, ihr seid unsere Feinde. Der Prophet sagt: *Schlagt die Ungläubigen, wo ihr sie trefft*. Das hat er im Krieg gesagt, als die Gläubigen angegriffen und verraten wurden, damals in Medina. Doch sagt er auch, und das gilt immer: Die Entscheidung über die Rechtleitung liegt allein bei ihm. Ihr beiden seid unsere Gäste, und selbst wenn wir an euch Rache nehmen wollten, sind unsere Hände gebunden.

Was meinst du mit Rache, fragt Illuminatus direkt und ziemlich unerschrocken. Er spürt, dass die beiden Moslems klare Grundsätze haben, auf die man sich verlassen kann. Ich bin kein Adliger, sagt er, doch wenn bei uns einer einen Adligen erschlägt, dann dürfen seine Verwandten ihn rächen. Jesus sieht das allerdings anders.

Das ist bei uns auch so. Es ist eine Sache der Ehre. Die Verwandten stehen füreinander ein. Doch wenn der Mörder keine Ehre hat, zum Beispiel wenn er ein Ungläubiger ist, gelten andere Regeln.

Als Illuminatus darauf schweigt, sagt der Emir noch einmal: Ihr seid Ungläubige, genau genommen, aber ihr seid unsere Gäste.

Illuminatus sieht zu Franz hinüber, der der Unterhaltung still gefolgt ist. Er ärgert sich, dass er keine Ehre haben soll. War er denn kein Mensch, nur weil er Christ war? Dann denkt er, dass die Kreuzritter ihrerseits die Moslems als Heiden betrachten, die keine Ehre haben und die man einfach umbringen kann. Das war doch alles ein großer Unsinn. Hatte nicht Jesus gesagt: *Kommt her zu mir alle*, und hat nicht sogar Mohammad gesagt: *Die Entscheidung liegt bei Allah allein?* Konnte nicht auch ein Jude oder Christ, wenn er aufrichtig glaubte, ins Paradies kommen? Vielleicht sogar ein Moslem? Warum dann diese Unterschiede? Illuminatus sagt: Wir sind eure Gäste und stehen unter eurem Schutz – für uns ist das eine Ehre!

Junger Mann, sagt darauf der Emir, eigentlich ist es schade, dass Ihr ein Ungläubiger seid. Ich beginne sogar euch zu mögen. Ihr seid mit eurem Bruder Franz zu uns gekommen, um für den Frieden zu werben. Damit sprecht ihr uns aus der Seele. Der Prophet sagt uns, der wahre Frieden ist im Islam zu finden, bei Allah, dem Allerbarmer und Allbarmherzigen. Bekennen wir nicht Gott, ihr wie wir, der größer ist als alles?

Illuminatus: Da ich euer Gast bin, kann ich frei sprechen. Auch ich glaube an den allmächtigen Schöpfer des Himmels und der Erde. Doch mein Glaube ist daran gewachsen, dass Gott mich liebt. Gott ist nicht der Allmächtige, Unerreichbare hinter dem Schleier. Für mich ist Gott ganz nahe, er sorgt sich um mich. Deshalb glauben wir, dass er uns Jesus geschickt hat, als seinen Sohn. Gott hat sich zu uns herab begeben, weil er unsere Not gesehen hat. Er hat gesehen, dass wir alleine nicht zurechtkommen. Ihr sagt, Jesus war nur der Messias der Juden. Er hat den Juden die Thora erklärt, damit sie auf ihren Weg zurückfinden. Jesus war dann ein Gesandter wie Mohammad. Doch für uns ist Jesus für alle Menschen gekommen, nicht nur für die Juden.

Da mischt sich der Sultan ein: Auch uns ist Gott ganz nahe! Der Prophet sagt: *Allah ist mir näher als meine Halsschlagader!* Was kann mir näher sein? Allah ist in mir!

Auch der Prophet ist für alle Menschen gekommen, sagt der Emir, immer noch unzufrieden über die Rede vom Sohn Gottes. Mohammad, der Herr gebe ihm Frieden, war ebenso ein von Gott begnadeter Mensch. Wie Jesus. Er war kein Gott, denn Gott ist einzig! Und er war der letzte der Propheten. Nach ihm wird Gott keine neuen Propheten schicken. Es ist alles gesagt.

Aber Gott ist doch ein lebendiges Wesen! Franziskus ruft es mit Leidenschaft. Gott spricht zu mir, wenn Jesus zu mir spricht! Und ich bin doch keine Ausnahme! Und Gott ist gar nicht hinter einem Schleier, er ist mitten unter uns! Ja, es ist alles gesagt. Doch Gott sagt es uns immer wieder, damit wir glauben. *Ich glaube, Herr, hilf meinem Unglauben!* Und Gott ist in allem was ist. Dieses wunderbare Brot, dieses Obst, dieser duftende Tee – es ist uns von Gott gegeben, damit wir an ihn glauben. Und sooft wir essen und trinken, sollen wir dran denken. Gott gibt sich uns hin. Wenn ich daran denke, kann ich einfach nur unendlich dankbar sein. Und wenn ein Priester mir dieses Brot gibt, dann ist es der Leib des Herrn.

Davon habe ich gehört, wirft jetzt der Sultan ein. Ihr glaubt, dass es eine Verwandlung geben kann, dass Brot zu Fleisch wird? So etwas kann ich mir nun wirklich nicht vorstellen. Höchstens einem Dschinn kann man das zutrauen, einem Dämon, der zaubern kann. Vor ihnen muss man sich hüten. Sie sind böse Geister.

Ja genau, ruft jetzt Franz, und deshalb brauchen wir die Priester, die uns das Brot geben und segnen. Dann wird es zum Leib des Herrn.

Glaubst du wirklich, dass das geschieht, fragt der Sultan. Dann esst ihr ja Menschenfleisch? Das hätte ich jetzt nicht von dir gedacht. Er schüttelt sich, doch kann man sehen, dass ihm dabei nicht ganz ernst ist.

Es ist nicht so, wie du denkst, sagt Franz. Es ist ein Wunder, und der Leib des Herrn ist kein Menschenfleisch. Er ist das Brot des Lebens, und ich nehme ihn in mich auf. Dann wird Jesus mein Gast, und ich darf ihn aufnehmen. Ich darf Gott beherbergen, und so werde ich Mensch. Vorher bin ich nur ein dummer Leib, ein dummer Esel, doch dann beginnt meine Seele zu leben.

Weißt du, fährt er fort, es hat mit mir zu tun. Wenn Jesus zu mir kommt, dann werde ich ein Mensch wie er. Dann ist Gott in mir!

Es entsteht eine Pause. Dann sagt der Sultan:

Heute ist Freitag, und nachher ist das Freitagsgebet. Wir wollen uns vorher etwas ausruhen. Ihr müsst wissen, dass der Freitag der wichtigste Tag der Woche ist, weil wir dann ganz tief in das Wunder Allahs, des Allbarmherzigen eintauchen. Ihr seid herzlich eingeladen, an dem Gebet teilzunehmen. Nach dem Gebet wollen wir singen und tanzen. Wir, das sind einige Vertraute und Mitglieder der Gemeinschaft, der ich angehöre. Heute wird ein Scheich bei uns sein, der die Versammlung leiten wird. Er ist ein Erleuchteter, ein Derwisch aus Konja. Er war bei meinem Onkel Saladin in Jerusalem und kann uns lehren. Ein Derwisch ist ein Gläubiger, der auf Besitz verzichtet und auf der Schwelle lebt, der Schwelle zur Einheit mit Allah. Er ist ein Lehrer. Ich freue mich auf ihn, und auf das gemeinsame Singen und Tanzen. Ihr seid eingeladen. Bei allen Unterschieden, mir scheint, ihr seid Derwische eurer Religion. Wenn der Muezzin ruft, kommt auf den großen Platz zu mir.

20.

Im Zelt der Mönche gibt es nur ein kurzes Gespräch, denn Franz ist müde. Illuminatus denkt an die Töchter des Emirs und an Martina. Franz, fragt er, ist es Sünde, wenn wir eine Frau lieben?

Nein, sagt Franz, doch es hält uns von der Liebe zu Gott ab. So erlebe ich es. Und der Apostel Paulus hat gesagt, es ist besser nicht zu heiraten. Und so können die Frauen auch entscheiden, was sie selbst lieber wollen.

Jesus war gern mit Frauen zusammen, sagt Illuminatus. Franz darauf: Ich bin auch gern mit Frauen zusammen. Aber meine Liebe ist bei Jesus. Und Frauen bringen mich leicht aus der Fassung. Es ist für mich besser, wenn ich bei mir bleibe. Und bei Jesus.

Illuminatus: Ich denke gerade, das Schönste ist, wenn ich mit Martina zusammen war. Sie ist gut und wunderschön. Wir waren ein Fleisch. Ich habe mich ganz gegeben, und sie auch.

Illuminatus schweigt. Franz schläft ein.

21.

Als der Muezzin ruft, wachen beide auf und gehen auf den Platz vor dem großen Zelt des Sultans. Sie gehen frei, und die Leute machen ihnen Platz. Viele Männer sind da, manche haben einen Teppich, auf dem sie knien. Die Mönche bleiben hinten stehen, dann knien auch sie nieder. Die Richtung ist Osten. Vor dem Zelt ist eine Empore aufgebaut, von der herab der Sultan spricht. Er trägt seine weiße Robe. Weil kein Dolmetscher da ist, verstehen die beiden kaum etwas. Frauen sind nicht zu sehen, nein, auf der Seite sind auch Frauen, die sich verbeugen und knien, während der Sultan spricht. Es ist eher ein Singen.

Die Stimme verweht über den weiten Platz, als der Wind auffrischt. Am Schluss stehen alle auf und rufen mehrmals laut: *Allahu Akbar*! Das verstehen die beiden Mönche: Gott ist groß, größer als alles. Es klingt wie ein Kriegsruf, es ist ein Kriegsruf.

Heute Abend wird jedoch nicht gekämpft. Vom Krieg um die Stadt ist jetzt noch weniger zu hören als sonst, nicht hier im Lager des Sultans. Es ist unwirklich. Kriege im Mittelalter sind nicht laut, es gibt keine Geschütze, keine Flugzeuge und keine Bomben. Nur bei einem Angriff werden die lauten Posaunen geblasen, man hört das Trappeln der Pferde, das Sausen der Pfeile, die Schreie der Angreifenden und der Verletzten. Jetzt ist es ruhig. Doch man weiß nicht, ob die Christen die islamische Freitagsruhe nicht ausnutzen werden. Noch findet die Begegnung von Franz und dem Sultan in einer Art Vakuum statt, einer friedlichen Insel außerhalb der Zeit.

22.

Der Sultan winkt beide zu sich ins Zelt. Im Kreis um die leere Mitte sitzen einige Männer, einige tragen die gleiche weiße Robe wie der Sultan. In der Mitte sitzt ein älterer Mann, er hat ein würdevolles Gesicht, trägt eine bunte Mütze und ein dunkles Gewand, ganz ähnlich wie die beiden Mönche. Er ist der Scheich, der Derwisch aus Konja. An der Seite sitzen Musiker, mit Tamburin, einer kleinen Trommel und einem Streichinstrument wie eine Fidel mit langem Griffbrett. Der Sultan spricht ein paar Worte, die übersetzt werden. Er begrüßt den Meister, der den langen Weg auf sich genommen hat, um zu ihnen ins Heerlager nach Damiette zu kommen. Er sagt, die beiden Christen seien Gäste, sie sind über das Meer gekommen aus Liebe zu Gott, dem Allerbarmer und Allbarmherzigen.

Die Sonne des späten Nachmittags scheint durch den Zelteingang, bis der Sultan ihn zuzieht. Es wird dämmerig im Zelt. Als alle im Kreis sitzen, beginnen die Musiker zu spielen. Von da an wird nur noch Arabisch gesprochen, das heißt, es wird nicht gesprochen, sondern rhythmisch immer wiederholt: La ilaha illa´llah, La ilaha illa Hu. Nach einer Zeit hört die Musik auf und der Scheich beginnt zu sprechen. Er hat eine warme Stimme und redet in einem Singsang, in den alle immer wieder einstimmen. Dabei schaukeln sie mit dem Oberkörper.

Auch die Mönche finden hinein, sie fühlen sich seltsam aufgehoben. Nach einer Zeit beginnen die Musiker wieder zu spielen, und die Männer verfallen in den rhythmischen Gesang. Ihr Singen wird fröhlicher, sie wiegen sich im Takt. Dann steht einer der Männer auf und verbeugt sich vor dem Scheich. Er beginnt zu tanzen, er wiegt sich in den Hüften, er hebt einen Arm zum Dach des Zeltes und senkt den anderen zum Boden. Dann setzt er sich wieder, und ein anderer beginnt. Auch der Sultan tanzt. Er blickt dabei auffordernd zu Franziskus hinüber. Franz erhebt sich, schon lange wollte er mittun. Franz und der Sultan tanzen gemeinsam. Da beginnt Franz, sich zu drehen, so wie er es gerne macht. Er dreht sich um die eigene Achse, einen Arm erhoben, den anderen gesenkt. Weit schwingt die braune Kutte, wie eine Glocke dreht sie sich um Franz herum. Der Sultan übernimmt diese Bewegung. Beide Männer drehen sich um sich selbst und umeinander. Wie ein brauner und ein weißer Kreisel tanzen sie vor den staunenden Männern. Der Scheich nickt, die Musiker lachen und freuen sich. So geht es eine ganze Zeit. Immer wieder erheben sich die Männer und tanzen und drehen sich im Kreis zur Ehre Gottes. Und ihre Arme bilden eine Achse, die den Himmel und die Erde verbindet. Nach einem Gebet gehen alle schweigend zur Ruhe.

23.

Ein Wort an den Leser. Ich bin aufgeregt beim Schreiben. Es beginnt jetzt der dritte Tag. Die beiden, Franz und der Sultan, müssen spätestens heute auf einer Ebene zusammen kommen, so ist es überliefert. Doch ich kann es ihnen nicht vorgeben. Es kann sich ergeben, aber ich kann es nicht erzwingen.

Und wer kann sich einfühlen in den Sufi oder den Heiligen? Können wir, kann ich das Gespräch mit dem nötigen Abstand verfolgen? Wie wirkt es auf mich, wenn sie begeistert über Gott sprechen? Bin ich nicht skeptisch gegenüber der Rede von transzendenten oder spirituellen Dingen? Was wird aus den achthundert Jahren, die zwischen Franz und mir liegen? Zwischen dem Katholiken und dem Protestanten? Dem mittelalterlichen Mystiker und dem aufgeklärten Mediziner und Naturwissenschaftler? Dem Überzeugten – und dem Psychoanalytiker? Was wird aus dem Abstand, dem Misstrauen zwischen dem Europäer und dem Moslem, selbst wenn dieser einem friedlichen Islam das Wort redet?

Ich lasse es geschehen. Ich weiß nicht, was sich entwickeln wird. Immerhin habe ich verschiedene Personen, welche die unterschiedlichen Aspekte gegeneinander formulieren können. So kann ich die Spannung halten, die Gegensätze in mir aushalten. Das sollte ich als Psychoanalytiker gelernt haben.

Es ist also Samstag, für den Moslem der erste Tag der neuen Woche, für den Christen der Vorabend zum Sonntag. Für den Juden wäre es der Tag der Einkehr, der Sabbat. Es hat gestern keinen Angriff der Kreuzritter gegeben.

Der Tag beginnt, stelle ich mir vor, selbst überrascht, mit Regen. Es regnet in Ägypten! Schon in der Nacht fallen die ersten Tropfen, schwer und mit Staub gesättigt fallen sie und verschwinden im trockenen Sand. Doch als es dämmert, frischt der Wind auf und der Regen wird dichter. Die Dämmerung ist kurz, und es regnet noch, als die Sonne rot über den Horizont kommt.

Wir finden Franz und Illuminatus vor dem Zelt. Sie knien im Sand. Der Regen läuft über ihre Gesichter. Sie halten die Hände geöffnet und sind glücklich.

Franz sagt, er möchte zur Heiligen Messe, morgen am Sonntag, wieder bei den Christen sein. Illuminatus schweigt dazu, er kann sich vorstellen noch länger hier zu bleiben. Er hat an seine Freundin gedacht und an die Feindseligkeit der christlichen Ritter.

Der Muezzin beginnt seinen Morgenruf mit einem anderen Text als sonst, das merken auch die beiden Christen, die ihn nicht verstehen. Sie verbeugen sich nach Osten, wo schon die Sonne steht. Es tut gut, den Tag so zu begrüßen. Und ist nicht die Sonne ein Bote des Schöpfers? Der Regen hört auf, und bald wird der leichte Nebel, der jetzt zwischen den Zelten steht, verschwunden sein.

Wieder bringen zwei Frauen ihnen den Tee und stellen ihn schweigend neben ihnen ab. Ihre Füße sind nackt, sie scheinen sich am nassen Sand zu freuen. Sie tragen weiße Schleier, doch ihre Gesichter sind frei. Sie lächeln und verschwinden.

Die beiden machen sich auf zum Zelt des Sultans. Er ist nicht da, er ist bei seinen Pferden. Er trägt nicht mehr den weißen Umhang, sondern weite arabische Beinkleider und einen Dolch im Gürtel. Auf dem Haupt trägt er einen Turban mit einem roten Edelstein über der Stirn. Er winkt die beiden zu sich.

Salam aleikum, begrüßt er sie. Er streichelt seine Schimmelstute an den rosigen Nüstern. Heute werden wir ausreiten, sagt er zu ihr. Der Regen hat alles erfrischt. Du wirst sehen, in wenigen Stunden beginnt die Wüste zu blühen. Zu den Mönchen gewandt sagt er: Die Pferde lieben es, über den feuchten Sand zu galoppieren. Im Koran besingt der Prophet, wie schön der Regen ist, wie er die Natur erfrischt. Gestern Abend das Gebet und unser Tanzen haben mich auch erfrischt. Es ist jedes Mal eine Wohltat, wenn ein weiser Derwisch zu uns kommt. Das Tanzen im Kreis ist eine gute Idee. Ich glaube, wir werden das öfter machen. Es führt in eine tiefe Versenkung, wenn wir die Verbindung von Erde und Himmel in uns selber spüren. Und dabei mit den Füßen aufstampfen wie die jungen Pferde. Auch die Pferde loben Allah, wenn sie sich über ihr Leben freuen und über die Steppe galoppieren.

Wie zur Bestätigung wiehert das Pferd und schüttelt die Mähne. Ich habe auch etwas gelernt, sagt Franz. Wenn der Muezzin ruft und die Gläubigen sich niederwerfen, um zu beten, mehrmals am Tag, dann ist das eine sehr gute Übung. Denn dann beten wir in der Gemeinschaft. Wenigstens am Abend sollten wir das auch so machen. Und hat sich nicht auch Jesus am Abend niedergeworfen, als er am Ölberg betete und bat, nicht sterben zu müssen?

Ja, sagt darauf der Sultan, und sein Gebet wurde erhört, früher oder später. Doch darüber werden wir uns wohl nie einig werden. Der Prophet hat uns übrigens gelehrt, dass wir nicht um irgendetwas bitten sollen. Wir sollen zu Allah beten, um ihn zu verehren. Der Allerbarmer und Allbarmherzige erhält seine Schöpfung auch ohne unser Gebet. Unser Gebet ist eine Pflicht, es ist Anbetung. Ach, manchmal wünschte ich mir, dass ich mit Allah sprechen könnte wie du mit Gott. *Allah ist mir näher als meine Halsschlagader*. Doch kann ich ja nicht mit mir selbst sprechen.

Wenn du Gott in dir hast, wenn er bei dir eingezogen ist, dann ist es ganz natürlich, wenn du mit ihm sprichst, sagt Franz. Das ist auch mein Wunsch, dass ich ganz mit ihm verschmelze.

So wie die dreißig Vögel mit dem Simurgh. Der Sultan rückt seinen Turban zurecht. Beim Singen und Tanzen fühle ich mich dem auch nahe. Der Emir ist leider nicht dabei. Er ist nicht in meinem Orden. Er ist kein Sufi. Ich habe übrigens angeordnet, dass man dir ein geschnitztes Horn aus Elfenbein überreicht, mit dem du deine Brüder zum Gebet rufen kannst. Der Emir wird es euch geben.

Als hätte er es gehört, taucht der Emir auf. Er wirft einen Blick auf die Pferde und sagt: Ich habe Nachricht, dass die Christen sich versammeln. Vielleicht werden sie einen Angriff unternehmen. Auf dem Meer war es gestern sehr unruhig. Der Nil beginnt zu steigen, es kommt das jährliche Hochwasser. Sie haben Probleme mit den Schiffen. Vielleicht schieben sie den Angriff auf, doch wir sollen wachsam sein. Unsere Schiffe aus Tripolis verzögern sich auch.

Er fragt, ob Illuminatus mit ihm kommen kann. Der Sultan hat nichts dagegen. Er führt Franz am Zaun entlang in einen Garten.

Der Emir ruft seinen Dolmetscher herbei und fragt Illuminatus: Junger Mann, du bist mutig mit deinem Lehrer zu uns gekommen, die wir eure Feinde sind. Feinde sind wir einander nicht, weil ihr Ungläubige seid, sondern weil ihr Krieg gegen uns führt. Ich möchte mit dir sprechen. Du hast gestern gefragt, warum die Frauen nicht bei uns sind, wenn wir mit euch essen. Es gehört sich nicht. Die Frauen sollen bei sich bleiben und züchtig sein. Das fällt ihnen nicht leicht. Viele Frauen sind wunderschön, und sie wissen es. Doch schon Ali ibn Ali Talib hat gesagt: *Die Frau ist ganz und gar übel.* Und Ali war der Schwiegersohn des Propheten, und seine Gattin war Fatima, die geliebte und wunderschöne Tochter Mohammads! Ich sehe das anders, doch etwas Wahres ist schon dran. Allah weiß es besser. Wie ist das denn bei euch? Sind bei euch die Frauen immer dabei?

Illuminatus: Bei uns Brüdern sind keine Frauen. Die Frauen, die den Weg des Glaubens und der Armut gehen, leben in eigenen Gemeinschaften. Doch bei den Weltmenschen sind die Frauen immer dabei. Vielleicht nicht, wenn Männer etwas unter sich beraten. Doch beim Essen und in der Familie sind sie immer dabei.

Das Thema ist dem Emir wichtig, er fragt nach: Aber die Frauen müssen doch gehorchen? Und dürfen sie widersprechen? Und sind sie nicht so ungezügelt, dass man sie bewachen muss? Ich kann mir nicht vorstellen, dass meine Frauen mit anderen Männern reden.

Du hast mehrere Frauen, fragt Illuminatus? Wie geht das denn? Es ist eine Sünde! Heiraten selbst ist schon problematisch. Der Apostel Paulus sagt: Besser ist es nicht zu heiraten. Jesus war immer mit Frauen zusammen. Er hat aber nicht geheiratet.

Emir: Der Prophet hat gesagt, vier Frauen kann jeder Mann haben. Doch er muss zu allen vieren gleich gerecht sein. Der Prophet selber hatte über achtzig Frauen. Es heißt: *Der beste Mann soll auch die meisten Frauen haben.* Und der Prophet war der beste Mann.

Aber kannst du denn vier Frauen lieben, fragt Illuminatus? Wenn ich an meine Martina denke, kann ich mir eine andere Frau nicht vorstellen.

Du hast eine Frau, bist du verheiratet, fragt der Emir, mit einer Christin? Ja, natürlich, setzt er hinzu.

Ich bin nicht verheiratet, sagt Illuminatus, aber ich habe Marti sehr geliebt. Zur Heirat ist es nicht gekommen, weil der Priester dagegen war.

Der Emir denkt nach. Dann sagt er: Ich liebe meine Frauen, aber ich bin nicht verrückt aus Liebe. Nicht so, wie Madschnun. Oder der Sufi, der sich in eine Christin verliebte und sogar selbst zum Christen wurde. Bei uns ist das Heiraten gut, Allah möchte, dass wir heiraten, und er freut sich über jede Heirat. Er liebt das Leben.

Illuminatus, nach einer Weile: Ich liebe das Leben auch. Doch ich schulde es Gott und dem Bruder Franz.

Schuldest du es nicht deiner Mutter? *Das Paradies liegt zu Füßen der Mütter*, sagt der Emir. Und Eva wurde geschaffen, um Adam zu trösten, *dass Adam bei ihr ruhen soll* (Sure 7, 189). Und die Liebe zeichnet den Mann aus. Attar sagt: *Wer nicht schwanger ist vom Schmerz der Liebe, der ist ein Weib, kein Mann.* Der Schmerz der Liebe ist die Voraussetzung für die Reinigung der Seele. Hättest du deine Martina gern geheiratet?

Ja, erwidert Illuminatus ohne Zögern. Aber es ging nicht. Und dann wollte ich zu den Brüdern. Ich wollte ein Leben auf dem richtigen Weg führen.

Der richtige Weg für uns ist die Heirat. *Zu vier Gelegenheiten werden die Tore des Himmels geöffnet: Wenn es regnet, wenn ein Kind dem Gesicht seiner Eltern zulächelt, wenn das Tor zur Kaaba geöffnet wird, und wenn eine Ehe geschlossen wird.* So sagt der Prophet.

Was meintest du mit dem, der aus Liebe verrückt wurde, mit Madschnun? Illuminatus spürt, dass der Emir etwas von ihm will, aber es nicht sagt.

Leila und Madschnun liebten einander. Sie kannten sich schon als Kinder, aber sie konnten einander nicht heiraten. Ihre Familien ließen es nicht zu. Doch beide mochten nicht von ihrer Liebe lassen. Leila wurde verheiratet, aber ihr Mann ließ sie unberührt, weil er von ihrer Liebe so beeindruckt war. Und Madschnun ging in die Wüste, um nur noch an sie zu denken. Die wilden Tiere lebten mit ihm. Er küsste die Pfoten des Hundes, der auf dem Weg gegangen war, den ihre Füße betreten hatten. Zuletzt wollte er sie auch gar nicht mehr heiraten, weil er ohnehin mit ihr verschmolzen war! Man kann sich ja nicht selber umarmen! Er liebte sie ohne Ende, und niemand konnte ihm helfen. Als sie starb, starb er auch auf ihrem Grab. Die Sufis sagen, dass es eigentlich um die Liebe zu Allah ging. Doch ich glaube das nicht.

Ich glaube, ich kann Madschnun verstehen, sagt Illuminatus. Ich hatte manchmal solche Sehnsucht nach ihr, und jetzt, wo wir davon sprechen, ist sie wieder da. Ich spüre es in meinem Körper. Und es kann doch keine Sünde sein, oder? fragt er den Emir.

Wir sagen: *Die Liebe zu deiner Frau, soweit sie Güte und Zärtlichkeit in sich schließt, braucht die Liebe zu Gott nicht auszuschließen*. Das sagte schon Sal at-Tustari, und der Prophet sagte: *Die Ehe ist die halbe Religion*. Allah hat Mann und Frau so schön geschaffen, dass sie aneinander Freude haben. Allah liebt die Schönheit, und er liebt auch den Körper, den er uns gegeben hat. Neulich war Ibn´Arabi hier aus Andalusien, und er sagte: *Durch die Frauen wird uns die intensivste Kontemplation Gottes zu teil, es ist die leidenschaftlichste Vereinigung.* Warum seht ihr das anders? Ist der Leib denn so schlecht?

Ich weiß nicht, sagt Illuminatus. Aber warum sind eure Frauen dann nicht hier? Und warum zeigen sie sich nicht? Wo sind deine schönen Töchter? Sperrst du sie ein?

Männer und Frauen haben ihre verschiedenen Aufgaben, und es ist besser, sie nicht zu vermischen. Meine Töchter sind sehr schön, und du würdest dich sofort verlieben, wenn du sie sehen würdest. Der Emir lächelt dem Mönch zu.

Meine Frau würde ich nicht einsperren, sagt darauf der Mönch. Ich würde sie lieben und den Leuten zeigen, wie schön und wunderbar sie ist.

24.

Währenddessen gehen der Sultan und Franz in einen Garten hinter der Zeltstadt. Franz erklärt, wie er zum Tanzen im Kreis gekommen ist: Man sagt, die Engel fliegen in gewundenen Linien und im Kreis, nur der Teufel fliegt geradeaus. Ich tanze schon immer gern, und ich spüre, wie es mich Gott näher bringt. Wenn ich mich im Kreis drehe, bin ich ganz in mir und ganz in Gott.

Im Garten sind Büsche mit Tomaten, Blumen, und darüber hohe Laubbäume und Palmen. Auf den Blättern und Blüten liegen Tropfen wie Perlen. Es ist zauberhaft. Der Regen hat die Vögel erfrischt, die zwischen den Zweigen herum hüpfen und singen.

Ist es nicht eine schöne Welt, eine herrliche Schöpfung, sagt der Sultan. *Gott ist das Licht des Himmels und der Erde* (Sure 24, 35). *Siehst du nicht, wie alles Gott lobpreist, was im Himmel und auf der Erde ist? Auch die Vögel, reihenweise, jedes kennt sein Gebet und singt es. Und siehst du, wie Allah das Gewölk zusammen treibt und zu Schichten formt und wie daraus der Regen hervordringt?* (Sure 24, 41)

Franz antwortet mit einem Psalm: *Lobe den Herren, meine Seele, Herr mein Gott, du bist herrlich, schön und prächtig geschmückt. Licht ist dein Kleid, das du anhast. Du breitest aus den Himmel wie einen Teppich. Du wölbtest es oben mit Wasser; du fährst auf den Wolken wie auf einem Wagen und gehst auf den Fittichen des Windes. Du lässt Brunnen quellen in den Tiefen, dass die Wasser zwischen den Bergen hinfließen, dass alle Tiere auf dem Felde trinken und das Wild seinen Durst lösche. Du feuchtest die Berge von oben her, du machst das Land voll Früchte (...) Du lässest Gras wachsen für das Vieh, und Saat zu Nutz den Menschen, dass du Brot aus der Erde bringest, dass die Bäume des Herrn voll Saft stehen, die Zedern Libanons, die er gepflanzt hat. Daselbst nisten die Vögel, und die Reiher wohnen auf den Tannen. Die hohen Berge sind der Gemsen Zuflucht, und die Steinküste den Kaninchen. Du hast den Mond gemacht, das Jahr danach zu teilen, und die Sonne weiß die Stelle, wo sie abends niedergehen soll. Ich will dem Herren singen mein Leben lang, und meinen Gott loben, solange ich bin* (Psalm 104).

Allah strahlt, er ist das ungeschaffene Licht, er ist Schönheit, er ist selber unerreichbar. Doch ich will zu ihm. Allah ist größer als alles. Allah ist alles, doch nicht alles, was ist, ist Allah. Der Sultan versucht so, mit Franz ins Gespräch zu kommen. Es ist etwas unklar, worauf er hinaus will. Auf dem Boden liegen einige Orangen, die herabgefallen sind und welken. Der Sultan hebt eine der Orangen auf. Sie ist schon weich, sie ist ganz warm, weil sie in der Sonne gelegen hat. Doch sie duftet nicht.

Darauf Franz: Die schöne Orange vergeht. Warum gibt es das Leiden? Wirft das Licht Gottes einen Schatten? Und gehört der Schatten zu Gott? Franz muss, er weiß nicht warum, an seine Mutter denken. Warum gibt es Krankheiten, Schmerzen, warum die Schmerzen der Frauen bei der Geburt ihrer Kinder?

Sultan: Den Schatten werfen wir, wenn das Licht Gottes auf uns fällt. Es ist unser Schatten, nicht ein Schatten Allahs. Der Schatten liegt auf der anderen Seite, da wo das Licht Allahs nicht hinkommt.

Franz: Warum will Allah das?

Sultan: Es ist so. Jedes Wesen hat seine Aufgabe. Selbst die Vögel, die Gemsen und die Kaninchen. Allah weiß es.

Franz: Ich glaube, dass Gott uns helfen will, weil er sieht, dass wir allein nicht zurechtkommen.

Sultan: Das hieße, dass seine Schöpfung unvollkommen ist?

Franz: Nein, sie ist vollkommen, gerade weil sie das Leiden einschließt. Jedes Leiden ist ein kleiner Tod, und damit eine Gelegenheit zu lernen und zu reifen. Denn wir müssen eines Tages sterben. Das ist unser Schatten. Ich danke Gott täglich dafür, für den Hunger, die Schmerzen, die Trauer. So kann ich lernen. Ich danke ihm, wenn er mir hilft, alles zu tragen. Ich trage gern das Kreuz Jesu mit.

Sultan: Wenn die Schöpfung nicht vollkommen wäre, wäre auch Allah nicht vollkommen. Das kann ich nicht denken, es ist ein Paradox. Denn Allah ist vollkommen.

Franz: Ich glaube, dass Gott mich liebt.

Sultan: Allah liebt uns nicht. Er ist der Allerbarmer und Allbarmherzige, aber er steigt nicht zu uns herab. Er hat Mitleid, doch Mitleid und Liebe ist nicht das gleiche. Allah hilft uns durch seine Gesetze – der Islam ist die freudige Unterwerfung unter Allahs Gesetz. Aber ich – ich liebe ihn. Und vielleicht, der Sultan spricht zu sich selbst, wird Allah mich auch lieben?

Franz: Gott liebt uns, er liebt uns leidenschaftlich. Schwer zu verstehen, was er an uns so liebt. Wir sind es nicht wert. Dennoch sagt er: *Ich habe dich bei deinem Namen gerufen. Du bist mein, ich bin dein* (Jesaja 43, 1). Niemand soll uns scheiden. Damit ist jeder gemeint!

Sultan: Du meinst, Gott hat ein persönliches Interesse an uns?

Franz: Mein Vater hat mir einmal einen Spruch aus Frankreich mitgebracht. „Le bon Dieu pêche les âmes à la ligne, le diable les pêche au filet", der liebe Gott fängt die Seelen mit der Angel, der Teufel fängt sie mit dem Netz. Gott hat ein Interesse an jedem Einzelnen. Und jeder Einzelne muss anbeißen an seiner Angel. Wer das nicht macht, gerät ins Netz.

Sultan: Allah ist nicht „der liebe Gott". Allah ist die unerreichbare Schönheit. Doch ich liebe ihn. Ich möchte sagen können, so wie Halladsch: Zwischen Allah und mich passt kein Blatt Papier. Allah füllte ihn ganz aus, fast hätte er gesagt: In mir ist die Wahrheit Allahs, oder: Wer mich sieht, sieht Allah. Man hat ihn so verstanden, als Gotteslästerer, und deshalb gekreuzigt – so wie ihr es von Jesus behauptet.

Franz: Gott ist allmächtig, doch es ist auch ein guter Vater, ein Bon Signore. Das ist wichtig. Er verlangt nichts Unmögliches von uns. Er möchte, dass wir es schaffen.

Sultan: Doch was will er von uns? Will er überhaupt etwas von uns? Bedeutet es ihm etwas, ob wir uns bemühen, genug Anstrengung (Djihad) aufbringen und der Scharia folgen? Und warum muss ich gegen die Christen kämpfen? Können wir ihn überhaupt fragen, was er möchte, was ihm angenehm ist? Euren Gott könnt ihr fragen.

Franz: Gott hat in den Psalmen und mit den Zungen der Propheten und Evangelisten gesagt, was er wünscht, und Jesus hat es in seiner Vollmacht zusammengefasst: Es ist die Liebe! Das will er. Und es ist, was ich will. Die Tür ist offen, doch ich klopfe von innen! Ich weiß es längst. Ich bin kein Theologe, doch verstehe ich es so: Geburt, Leben und Sterben Jesu bedeuten, dass das, was die Menschen als Gott anbeten, selbst Mensch geworden ist. *Das Wort wurde Fleisch und wohnte unter uns.* Es ist in uns! Wenn ich mir den gefolterten Jesus ansehe, sehe ich in ihm alle gefolterten Menschen. Und wenn ich seinen Tod am Kreuz betrachte, kann ich nicht mehr akzeptieren, dass Menschen einander töten. Durch die Menschwerdung Gottes ist der Mensch nun selber auf dem Weg, Mensch zu werden. Das heißt menschlich zu werden! Alle Menschen sind Brüder und Schwestern. Gott will in uns wohnen, das heißt wir tragen das Göttliche in uns, als Chance und als Versprechen. Gott ist allmächtig, doch er kommt nicht mit Macht. Er kommt als Mensch, machtlos, als Bettler, krank, als Kind im Krieg. Verursacht wird das Elend durch Menschen, die sich dabei nicht auf Gott berufen können. Wer das tut ist verdächtig. Kein Mensch ist würdig, sich auf Gott zu berufen.

25.

In dem Augenblick kommt ein Reiter und meldet, dass die Christen angegriffen haben.

Franz, erschrocken: Jesus hat nie einen Krieg geführt. Er hat jede Gewalt abgelehnt, auch die zur Verteidigung.

Sultan: Das ist jetzt ein schlechtes Argument. Was soll ich denn tun? Jesus hat ja auch gesagt: Mein Reich ist nicht von dieser Welt. Und dann sagt er: Gebt dem Kaiser, was des Kaisers ist. Also kümmert euch auch hier und übernehmt Verantwortung. Und du hast das gleiche Problem, wenn du deine Brüder schützen willst, vor dem Papst und vor den Rittern des Kreuzes. Auch du bist nicht frei, weil du deine Brüder liebst, weil du Jesus liebst. Und doch wäre ich gern wenigstens so frei wie du. Ich mag keinen Krieg. Inch Allah!

Sultan, du wirst gebraucht, ruft da ein Krieger. Er führt das Pferd des Sultan aufgezäumt am Halfter. Der Emir und Illuminatus kommen aus dem Zelt. Illuminatus trägt das Geschenk des Sultan. Ein geschnitztes Signalhorn aus Elfenbein.

Sultan: Unsere Begegnung findet ein schnelles Ende. Ich kann, wenn es jetzt ernst wird, für euren Schutz nicht garantieren. Am besten ihr bringt euch in Sicherheit.

Er umarmt Franz: Bitte deinen Gott, dass er mir die Religion zeigt, die ihm am angenehmsten ist! Lebt wohl, Friede sei mit Euch!

Er schwingt sich auf das Pferd und galoppiert in Richtung der Stadt, von der jetzt Lärm zu hören ist. Der Emir beauftragt einige Krieger, die zwei auf einem Umweg zur Stadt zu geleiten. Er schärft ihnen ein: Sie sind heilige Männer und unsere Gäste. Ihr haftet mir dafür, dass sie heil zu ihren Leuten kommen. Zu Illuminatus sagte: Komm wieder! Und vor Franz verneigt er sich, kreuzt die Hände vor der Brust und sagt: Salam aleikum, Friede sei mit Euch.

26.

Wenig später gehen Franz und Illuminatus über das Feld. Franz geht voraus. Leuchtenden Auges geht er vorbei an den Toten, die jeweils für ihren Gott getötet und gemordet haben, für den der Christen und den der Moslems, vorbei an den Kriegern, die niemand begräbt, und den Gerippen der Pferde. In seinem Herzen formen sich Worte:

Höchster, allmächtiger, Guter Herr! Dir gebühren Lob und Ehre, und kein Mensch ist würdig, sich auf dich zu berufen. Altissimu omnipotente Bon Signore! Nullo homo ene dignu te mentovare.

* * *

Nachwort

Auf Messers Schneide, buchstäblich, fand das Gespräch von Franz und Sultan statt. Der glückliche Augenblick, die Windstille im Sturm, dauerte nur kurz. Immerhin: Er wurde genutzt. Als die Ritter des Kreuzes am 5. November Damiette eroberten, richteten sie ein Blutbad an, dem nach Berichten beider Seiten 60.000 Menschen zum Opfer fielen, fast die ganze Bevölkerung der Stadt, Frauen und Kinder und die Verteidiger aus dem Lager des Sultans. Franziskus hatte, so hoffen wir, Damiette schon vorher verlassen und war nach Jerusalem gewandert. Seine Verfassung, als er die Nachricht erfuhr, möchte ich mir nicht vorstellen. Die Kreuzritter folgten dem zurückweichenden Feind nilaufwärts in Richtung Kairo. Sie kamen im ansteigenden Hochwasser nicht zurecht und wurden in den Sümpfen vernichtend besiegt. Den Sultan al-Kamil finden wir später wieder, als er mit Kaiser Friedrich am 18. Februar 1229 jenen Friedensvertrag unterzeichnete, der den Pilgern für zehn Jahre den Zutritt zu den heiligen Stätten garantierte. In diesem Zusammenhang erfahren wir den Namen des Emirs von al-Kamil: Er hieß Fakhr ed Din. Er hatte mit dem Kaiser viel über philosophische und politische Fragen diskutiert. Überliefert ist, wie großzügig der Sultan den Kreuzrittern Schiffe und Proviant für die Rückfahrt nach Europa zur Verfügung stellte. Das Verhalten des Sultans widersprach so sehr den Hasstiraden der Kirche, dass es in der offiziellen Geschichtsschreibung unterdrückt wird.

Es ist eine Geschichte, die einem Europäer die Schamröte ins Gesicht treiben könnte. Heute sieht es so aus, als hätten sich die Verhältnisse ins Gegenteil verkehrt. Islamistische Terroristen bedrohen unser freies Leben, und die islamischen Länder zerfleischen einander und sich selber in Grausamkeit. Europa ist es, das sich verteidigt – so nehmen wir es wahr. So wird es uns gesagt.

Nehmen wir an, es gäbe die Möglichkeit, darüber nachzudenken, und auch die Augen der Kriegskinder würden unsere Wahrnehmung erreichen. Die Wiederherstellung des Gesprächs heute müsste von den veränderten Auffassungen auf Seiten der islamischen und der westlichen Kultur ausgehen. Schon darin zeigt sich eine Asymmetrie, die im Mittelalter nicht bestand. Die Auseinandersetzung wird auf der einen Seite religiös motiviert, auf der anderen eher antireligiös, aber ebenso emotional. Das Terrain gleicht jenem ausgetrockneten und längst vergessenen Strombett, das sich über Nacht mit reißenden Wassermassen gefüllt hat. Die Wassermassen schwemmen alles weg, was einst als differenzierte Islamische Kultur geblüht hat, und bedrohen ebenso die Werte, die im Westen mit dem Christentum und den Paradigmenwechseln der Aufklärung entstanden waren. Auf allen Seiten werden alte Vorurteile, Projektionen, böse Erinnerungen und kulturelle Komplexe wachgerufen, deren Bändigung mehr und ganz Anderes erfordern würde als Bündnisse mit Diktatoren oder konfuse militärische Aktionen, die nur immer weiteres Leid, Verbitterung und Hass schaffen.

Zu den Voraussetzungen eines Gesprächs gehört ein Wissen um die gegenseitige Geschichte und die Komplexe, die auf allen Seiten zu neuem Leben erweckt sind. Nach Jahrhunderten katastrophischer Begegnungen, von Kriegen und Verrat, von Ignoranz und Verleumdung ist das Gelände vermint. Will man es betreten, müssen diese Minen identifiziert sein. Um sie zu entschärfen, müssen die Energien und unbewussten Emotionen aufgefunden und aufgelöst werden, die sie so gefährlich machen. Denn wir alle haben eine Neigung, unbewusst in die kollektiven Vorurteile, Gefühle und Vorstellungen hinein zu geraten. Dann wird das Gespräch unmöglich, und wir werden, in jenem anderen Bild, von den Wassermassen der entfesselten Komplexe ergriffen und fortgerissen.

Manche Minen sind Zeitbomben mit einer langen Geschichte. Im Westen wenig bekannt ist die Zerstörung Bagdads durch die Mongolen, und zwar mit Billigung und Unterstützung des Papstes und Verbänden christlicher Vasallen auf Seite der Mongolen, im Jahr 1258. Sie bedeutete das Ende des Kalifats von Bagdad, das nun wie ein altes Trauma auf Seiten der Moslems immer wieder reaktiviert wird. Zu denken ist an die romantische Verklärung der Maurenherrschaft in Spanien oder, auf der anderen Seite, die der christlichen Wiedereroberung Spaniens (die Reconquista), die blutige Eroberung von Byzanz und Umwandlung der Hagia Sophia in eine Moschee, die Zerstörung Zagrebs und die Belagerung Wiens durch die Türken, die Kolonialkriege mit der Erniedrigung der islamischen Länder, an den Mord an den christlichen Armeniern, die Vertreibung der Griechen aus Kleinasien nach dem Ersten Weltkrieg durch die Türken, oder die Besetzung Zyperns. Die Gründung Israels 1948 und der seitdem immer wieder eskalierende Krieg mit den Palästinensern und Arabern, die Stellvertreterkriege, das Scheitern der Demokratie der gleichen Rechte in Israel, der Rassismus auf beiden Seiten haben den Nahen Osten zu einer offenen Wunde gemacht, eine Wunde mehr im Leib unseres kleiner werdenden und bedrohten Planeten Erde. Das Lob der Natur, wie es der Sultan und Franz anstimmten (in Sure 24 und Psalm 104) erscheint heute wie ein Märchen aus alter Zeit. Vollends die Kriege der letzten Jahrzehnte in Afghanistan, Irak, Syrien, die Barbarei des IS, der Zynismus der gewählten oder ungewählten Diktatoren, aber auch die doppelzüngige Politik westlicher Staaten und seine Bomben machen scheinbar jeden Versuch eines Dialogs zur Illusion oder Farce. Kolonialismus und Imperialismus wirken als langanhaltendes Gift, und zwar auf beiden Seiten.

War es 1219 anders? Auch damals herrschten Krieg und Verleumdung. Die Rolle des Bösen lag scheinbar bei den Kreuzrittern, und Lichtgestalten wie al-Kamil oder Saladin hoben sich sehr ab von Machtpolitikern wie Innozenz III mit seinen Kreuzzügen im Osten oder gegen die Albigenser, die Inquisition (die er offiziell einführte), und den Ablass für alle, die im Heiligen Land einen Ungläubigen abschlachteten. Doch war es auch jener Innozenz, der den Franziskus beschützte. Sehr anders als heute waren die Auffassungen von wahrer Religion. Heute besteht auf Seiten des Islam in vielen Ländern eine von Saudi-Arabien geförderte neo-islamische Auffassung, eine Art Steinzeit-Islam, der mehr mit Endzeitideologie gemein hat als mit den Lehren des Propheten. Die Liberalität, wie sie al-Kamil vertrat, die Liebe zu Schönheit, zum Weiblichen, die Toleranz gegenüber den Religionen des Buches, sind hier einer extremen Feindlichkeit gegenüber Andersgläubigen, einer Unterdrückung von Frauen und von Sexualität gewichen, die dem westlichen Verständnis ebenso fremd erscheint wie das Steinigen und das Abschlachten von Gefangenen.

Natürlich hatte die Toleranz des mittelalterlichen Islam auch ihre Grenzen. So war die Bewegung der Sufis immer gefährdet, und der Konflikt zwischen den Sunniten und Shiiten begann schon im ersten Jahrhundert nach Mohammad. Die alte islamische Welt war eine Feudalgesellschaft, in der die egalitäre Gemeinschaft der Gläubigen ein Gegengewicht zur sozialen Schichtung in Herren und Knechte bildete, in freie Moslem und Sklaven, Männer und Frauen, und als herrschende über Juden und Christen. Der Koran, die Hadite und die Scharia stellten den Ausgleich und die Stabilität der Kultur sicher. Auch im christlichen Abendland galt das individuelle menschliche Leben wenig. Erst mit den Armutsbewegungen eines Franziskus oder der Albigenser, der Renaissance, der Reformation, der Aufklärung, mit dem *Habeas Corpus Act* und den Menschenrechten, der Ächtung der Folter sind hier Werte gewachsen, ohne die wir nicht leben wollen. Die Gleichberechtigung der Frau gehört zu den wichtigsten Errungenschaften. Doch auch diese Werte sind gefährdet. Selbst die USA unter G. W. Bush haben die Folter wieder zugelassen und praktiziert. Gewachsen waren diese Werte auf dem Boden eines Christentums, das mit der

Menschwerdung Gottes auch den Wert des einzelnen Menschen zu schätzen und zu achten lernte. Doch auch sie mussten gegen Widerstände einer Kirche und von Staaten durchgesetzt werden, die solchen Gedanken nicht folgen wollten.

Im Nahen Osten ist durch die Wiederansiedlung der Juden und die Gründung Israels 1948 eine Konstellation entstanden, wie sie 1219 nicht bestand. Seit der Zerstörung des zweiten Tempels und der Vertreibung durch die Römer lebten die Juden damals verstreut über die Länder des ehemaligen Römischen Reiches, viele in den islamisch regierten Ländern, weniger in den christlichen Ländern des Nordens. Der fanatische Kalif el-Hakim hatte 1009 zuletzt viele der verbliebenen Juden aus Jerusalem vertrieben. Dennoch war es für sie eine vergleichsweise friedliche Zeit, die erst durch die antijüdischen Ausschreitungen während der Reconquista und der Kreuzzüge ein Ende fand. Es begann für die Juden eine neue Leidenszeit, bis Aufklärung und *Code Civil* eine neue Zeit trügerischer Hoffnung einleiteten, und bis nach dem Holocaust letztlich der Staat Israel gegründet wurde. Diese Geschichte ist wichtig, denn eine Wiederherstellung des Gesprächs, ein neues Gespräch muss auch die jüdische Religion umfassen. Lessings Nathan war und ist ein Licht auf diesem Weg.

Man muss ja kein Christ sein, um die Menschwerdung des Menschen zu wollen.

Es gibt viele Wege.
Ich stelle mir Franz vor, wie er heiter, barfuß,
seinen Weg der Menschwerdung geht
im Schutz des ungeschaffenen Lichts.

* * *

Danksagung und Literatur

Die Fabel des Franziskus beschäftigt mich schon lange. Wichtige Anregungen für diesen Text verdanke ich Bruder David Steindl-Rast OSB, Schams Anwari, Thomas Ogger, Caterina Vezzoli, und vielen Freunden. Unvergessen sind die Franziskaner vom Käppele in Würzburg, von den Celle bei Cortona, und Bruder Thaddäus aus Zehdenik in Brandenburg. Die Gedichte des Rumi konnte ich leider nicht verwenden, weil sie erst nach 1219 entstanden sind. Bücher, aus denen ich schöpfen konnte, waren u.a.

- *Koran* (Übersetzung 1920 von Lazarus Goldschmidt), Komet-Verlag, 1964, ISBN 3-933366-64-X

- *Bibel* (nach den Übersetzungen von Martin Luther und Martin Buber)

- 'Attar: *Vogelgespräche* und andere klassische Texte, vorgestellt von Annemarie Schimmel, München, C. H. Beck 1999

- Bauer, Thomas: *Die Kultur der Ambiguität. Eine andere Geschichte des Islams.* Verlag der Weltreligionen, Berlin 2011

- de Groot, Rokus: *Rumi and the Abyss of Longing*, in: Mawlana Rumi Review 2, Exeter 2011

- Kermani, Navid: *Ungläubiges Staunen. Über das Christentum*, C. H. Beck, München 2015

- Le Gai Eaton, Charles: *Der Islam und die Bestimmung des Menschen*. Mit einem Vorwort von Annemarie Schimmel, München, Heyne 1994

- Meddeb, Abdelwahhab: *Die Krankheit des Islam* (2002) Unionsverlag, Zürich 2007

- Motahari, Ayatollah Morteza: *Stellung der Frau im Islam*, Iranische Botschaft, Bonn 1982

Über Franziskus habe ich selber veröffentlicht in:

- Rasche, Jörg: *Das Lied des grünen Löwen. Musik als Spiegel der Seele* (mit einer Rekonstruktion der Musik zum Sonnengesang) (2004), Psychosozial Verlag, Göttingen 2014

- Rasche, Jörg: *Europe and Islam. A Paradigm of Activated Cultural Complexes*, in: Joerg Rasche/ Tom Singer (ed.): *Europe´s Many Souls. Exploring Cultural Complexes and Identities*, Spring Journal Books, New Orleans 2016

* * *

Dr. Jörg Rasche ist Arzt und Psychoanalytiker, Dozent an den C. G. Jung-Instituten Berlin und Zürich. Für Verdienste um Völkerverständigung erhielt er 2012 das Goldene Ehrenkreuz des Polnischen Verdienstordens.

Bruder David Steindl-Rast OSB ist ein Pionier des Interreligiösen Dialogs. 1975 erhielt er den Martin-Buber-Preis.
Er gründete das Netzwerk Dankbarkeit:
gratefulness: https//www.dankbar-leben.org.